ヴンダーカンマー

ここは魅《み》惑《わく》の博物館

樫《かし》崎《ざき》 茜《あかね》

理論社

もくじ

デザイン：
next door design

プロローグ

中学校からの帰り道、ぼくが普段《ふだん》はいっしょに帰らないメンバーと帰ることになったのは、放課後の教室で、いよいよ週明けに迫《せま》った職場体験の打ち合わせをしていたからだ。

「働く」ことを通じて地域の人々と触《ふ》れあい、社会貢献《こうけん》する、というのが職場体験の趣旨《しゅし》だという。

ぼくたちの中学校では、毎年、中二の二学期に行われることになっていて、体験先は、保育園や飲食店、役所や新聞社など様々《さまざま》だ。各所、受け入れ人数はまちまちだから全員が希望どおりの職場に行けるわけではない。うちのクラスの場合だと、ホームルームで希望先とその理由をアンケートに書いて、担任に提出してあった。

その時点では、「県立自然史博物館」は選択肢《せんたくし》に入っていなかった。

担任からきいた話では、当初の予定よりも人数を減らした職場があって、急きょ追加の体験先として決まったらしい。再度アンケートを取る時間はなかったから、前回の回答を参考に、ぼくたち五人がふり分けられたというわけだ。

「博物館かぁ。いったい、どんなことをするんやろ。月曜日までに理科の復習とかしといたほうがいいんかな？　なぁ、博士《はかせ》はどう思う？」

関西風の妙《みょう》なアクセントで話しかけてきたのは、ぼくの隣《となり》を歩いている多嶋《たじま》くんだ。

「仕事内容については見当もつかないけど、さすがに理科の授業とは関係ないんじゃないかな」

ぼくが答えると、多嶋くんはほっとしたような顔になった。

「だったら、いいんやけど。俺《おれ》、両生類と爬虫類《はちゅうるい》もあやふややから。そういう知識が必要だったらマジで死ぬ」

そんなぼくたちのうしろでは、女子メンバーがやっぱり職場体験についてしゃべっている。

「ぶっちゃけ、博物館なんて全然イメージわかないけど、とりあえず、円佳《まどか》といっしょでよかった」

そういったのは、橋本《はしもと》さんだ。

「本当に？　心の中ではファミレス組の美和《みわ》たちを羨《うらや》ましがってたりして」

飯田《いいだ》さんがいい返すと、妙《みょう》な間ができた。

「……なんでそう思うの？」

「だって、恋歌《れんか》のママ、職場体験先を変更《へんこう》してもらおうと学校に電話したんでしょ？」

「それは……ファミレスの制服って可愛《かわい》いし、パフェ作ったり楽しそうだし。円佳こそ、内心ガッカリしてたりして」

今度は橋本さんがいい返すと、やっぱり妙な間ができた。

「どういう意味？」

「べつにー。ただ、市役所に未練があるみたいだったから」

「そんなことないよ」

「そうかな」

なんだかぎくしゃくしている様子だ。

残るひとりはどうしているだろうとふり返りかけたところで、再び多嶋くんに話しかけられた。

「そういえばさ、博士の第一希望はどこだったん？」

多嶋くんも飯田さんたちの会話に聞き耳を立てていたようだ。

「全部だよ」

ぼくは即答《そくとう》した。

「へっ」

「役所にしろ飲食店にしろ新聞社にしろ、どこで働いたとしても得られるものは必ずある。だから、全部に〇《まる》をして出したんだ」

「すごっ。得られるものは必ずあるとかいっちゃうあたり、さっすが博士やんな」

「そういう多嶋くんは？」

多嶋くんは一瞬《いっしゅん》空を仰《あお》いだと思うと、「空欄《くうらん》で出した」とつぶやいた。

「空欄《くうらん》で？　理由もなにも書かずに？」

「まぁ、そんなとこ」

「いいよな、多嶋くんはお気楽で」

ぼくはそう口に出してしまってから、あわてて顔色をうかがった。

もしかしたら傷つけたんじゃないかと思ったのだけれど、ぼくの心配は杞憂《きゆう》だったようだ。

「あっ、俺《おれ》わかったかも！　ひょっとして、恐竜《きょうりゅう》の化石探しとか手伝うんやないかな。それか、昆虫採集《こんちゅう》。だったら、ありだな」

さっきまでの不安げな表情がうそみたいだ。

「当日はよろしくな。わかんないこととか色々おしえてな」

そんなふうにいう多嶋くんに、ぼくはいい返した。

「ぼくにきいてどうするんだよ、博物館の人におしえてもらわなくちゃ」

それから、もう一度、心の中で「いいよな、多嶋くんはお気楽で」とつぶやく。

もしかすると、博物館に決まって誰《だれ》よりも困っているのは、このぼくかもしれない。

今度こそうしろをふり返ると、ぼくと多嶋くん、橋本さんと飯田さんから数メートル離《はな》れたあたりを、肥後《ひご》さんが自分の影《かげ》とにらめっこするみたいに歩いていた。

ミックリエナガチョウチンアンコウ

担当　多《た》嶋《じま》育《いく》実《み》

今日は職場体験だ。いったい、どんな仕事を手伝うんだろう?
俺的《おれてき》には、恐竜《きょうりゅう》の化石探しか昆虫《こんちゅう》採集が希望だな。絶対、楽しいに決まってる。
とはいえ、俺は博物館があまり好きじゃない。といって、嫌《きら》いというわけでもないんだけど。
隕石《いんせき》とか、化石とか、恐竜模型とか、剥製《はくせい》とかを見せられても、「ふうん」以外の感想が浮《う》かばない。地球以外の場所から落っこちてきた隕石も、でっかい古代生物も、そりゃあすごいんだろうけど、「すごい」と思った次の瞬間《しゅんかん》には「だから？」「で、なに？」と思ってしまう。そして、博物館にはそういうものばかりが展示されている。ここに並んでいるものはどれも、俺には関係のないものばかりだ。

博士たちと博物館の入場ゲートで待っていると、向こうからおばさんがやって来た。首から提《さ》げているのは博物館の職員証だろうか。

俺がぼけーっとしているうちに、博士《はかせ》が「第一中学校から職場体験で来ました、瀬《せ》川《がわ》です。今日はよろしくお願いします」と自己紹介《しょうかい》をはじめた。

さすがは博士だ。頼《たよ》りになる。

「わたしはこの博物館の学芸員で、企《き》画《かく》普《ふ》及《きゅう》課の仕事も兼任《けんにん》しています、久遠《くおん》といいます」

おばさんが名乗ると、次に番長がどでかい声で自己紹介をはじめた。

「飯田円佳《いいだまどか》です！　本日はよろしくお願いしますっ」

「あたし、橋本恋歌《はしもとれんか》です」

「多嶋《たじま》っす」

「……です」

「こちらこそ、今日はよろしくお願いしますね。本当は、みなさんいっしょに手伝ってもらえる仕事が用意できればよかったんだけど、急きょ決まった話で準備する時間が取れなくて。申し訳ないんだけど、今日は五人別々の仕事を手伝ってもらいます」

おばさんは少し高い声でそんなふうに説明した。

五人別々ときいて、俺《おれ》たちは顔を見あわせた。といっても、黒ヘルは下を向いたきり、ぴくりとも動かない。四月に転校してきてだいぶ経《た》つけど、俺はこいつが笑ったり怒《おこ》ったり、誰《だれ》かとまともに話している姿を見たことがなかった。

というわけで、正確には、俺と博士、番長とコバンザメが顔を見あわせたのだった。

博物館のおばさんはそんな俺たちを興味深そうにながめてから、「それじゃあ、行きましょうか」といって、先頭に立って歩きはじめた。

入場ゲートを奥《おく》へ進めば展示室がある。だけど、おばさんは「順路」を無視して、ミュージアムショップの突《つ》き当たりにあった「関係者以外立ち入り禁止」のドアを開けた。

階段を下りていくおばさんに、俺たちもついて行く。

意外にも下の階は明るかった。廊下《ろうか》の窓の向こうに、小川を挟《はさ》んで公園の木々《きぎ》が見えている。

「なんで明るいんやろ？」

俺のつぶやきにおばさんが反応した。

「斜面《しゃめん》を利用しているので、ちょっと造りが複雑なんです」

俺たちが連れていかれたのは「ボランティア控室《ひかえしつ》」だった。

博士、番長、コバンザメ、俺、黒ヘルの順番で入っていくと、奥のソファーにじいさんが座《すわ》っていた。

「あれ？　今日は社会科見学だっけ？」

「ううん、職場体験よ。中学二年生がね、博物館の仕事を体験に来たの。あとで落合《おちあい》さんにも面倒《めんどう》を見てもらうことになるから、よろしくね」

「ああ、そう。そんときはそんときでまた紹介《しょうかい》してよ」

じいさんはしゃがれた声でそう話すと、入れ違《ちが》いで出ていった。

ボランティア控室は学校の教室を半分にしたくらいの広さだ。病院の待合室にもあるような水色のソファーが、窓際《まどぎわ》の四角いテーブルに沿うように置かれている。

窓に向かって右の壁《かべ》には、博物館がらみのポスターと、ずいぶんと色あせたカレンダー。左側の壁沿《かべ》いには、うちの学校では清掃《せいそう》用具を入れている、ねずみ色のロッカーがずらりと並んでいた。

「手前から、一月生まれね。中にスタッフジャンパーが入っているので上から着てください。私物はロッカーに、お弁当は入口わきの冷蔵庫に、貴重品だけはしっかりと身に着けておいてくださいね」

俺《おれ》は話の内容が飲みこめず、とっさに博士をうかがった。

ほかのメンバーも「ん?」って顔でおばさんを見ている。

おばさんは笑顔《えがお》になると、よりにもよってたまたま近くにいた黒ヘルに話しかけた。

「何月生まれ? そうだ、名前がわかるようにネームプレートも書いてもらわなくちゃ」

「あ……私」

「そうよ」

「えっと、十……」

日頃《ひごろ》声を出す機会のない黒ヘルはやっとという感じで答えた。

「十月生まれね。ということは、はい、このロッカー」

おばさんが奥《おく》から三番目のロッカーを開けると、蛍光《けいこう》イエローのスタッフジャンパーがハンガーにかかっていた。

あらためて数えると、壁際《かべぎわ》のロッカーは全部で十二個あった。

「ということは、六月生まれのぼくはここですね」

博士はさっそく、ほぼまん中に位置するロッカーを開けた。

「わたし四月二十四日！」

と、番長。

「あたしは一月だから、ここでいいんだよね」

コバンザメもロッカーを開ける。

「俺、八月！」

俺もなんとなく宣言してから私物を入れた。

博物館のジャンパーを着ていると、博士が冷蔵庫に弁当をしまっていたので俺もそうした。

その間に、おばさんはサインペンと、紙切れ、プラスチックのフレームを用意していたようだ。

「準備が整った人から名前を書いてください」

俺《おれ》は手近にあった紙に大きく「多嶋」と書いた。

「名前を書き終えた人は紙を裏返してください」

今度はそういわれて、ひっくり返すと、鉛筆《えんぴつ》で「魚類」とメモがあった。

「なんや、これ？　俺の魚類って書いてあるんやけど」

なんのこっちゃと思いながら博士の手もとをのぞき込《こ》むと、「無生物」と書かれていた。

「やばっ。なんて書いてあるか読めないんですけど」

素《す》っとん狂《きょう》な声をあげたのはコバンザメだ。

「ホントだ。なんだろう」

それを見た番長も首を傾《かし》げている。そんな番長自身は「鳥類」のようだ。

ついでに黒ヘルのも確認すると、こちらは「哺乳類《ほにゅうるい》」となっていた。

「魚類、古脊椎《こせきつい》、鳥類、哺乳類、無生物。紙の裏に書いてある分類が、みなさんに受け持ってもらう分担です」

つまり、今日、俺が手伝うのは魚類ということだ。

「水族館じゃないのに魚類だってさ」

俺がぼやいた直後、おばさんの元気のいい声が飛んできた。

「それではみなさん、行きましょう！」


魚類、魚類、魚類……。

おばさんについて長い廊下《ろうか》を歩きながら、俺は軽く焦《あせ》りはじめていた。

魚類ってなんだろう？

もちろん、魚のことだ。いくら理科の成績がパッとしない俺だってそれくらいわかっている。わからないのは、博物館がやっている魚の仕事だ。

この博物館には、小学生のころに二回だけ来たことがある。一回は家族で夏休みに、もう一回は学校の社会科見学で。

展示室にどんなものが並んでいたか思い出そうとしたけど、魚に関するものなんて記憶《きおく》に残っていなかった。

あー、やっぱ理科の復習してくるんだった！

廊下《ろうか》を進むにつれて、あたりはうす暗くなっていく。窓際《まどぎわ》に段ボールが積み重なっていたり、ラックがあったりするせいだ。

「これはゴミではありません？」

怪訝《けげん》そうな博士の声にふり向くと、積み重なった段ボールのひとつに張り紙がしてあった。

「どれもゴミみたいだけどな」

うっかり口を滑《すべ》らせた俺《おれ》は、あわてておばさんの顔色をうかがった。

セーフ。きこえていなかったみたいだ。

もうすぐ廊下の突《つ》き当たりというところで、おばさんは立ち止まった。

「多嶋くんはここね」

「あ、はい」

俺の返事は、さっきの黒ヘルくらい小さかった。

「みんなはここで少し待っていてくれる？　すぐに戻《もど》ります」

俺はおばさんにつづいて「魚類・学芸員室」と表記されている部屋に入った。

くせっ。

広さは、さっき着替《きが》えた「ボランティア控室《ひかえしつ》」と変わらない。ただし、入るや否《いな》やツンと鼻の奥《おく》を刺《さ》すようなにおいがして、思わず息を止めた。

「吉木《よしき》さーん」

おばさんの呼びかけに、棚《たな》の向こうからひょっこりと顔を出したのは、そのへんの公園を散歩していそうな、普段着《ふだんぎ》のおじさんだった。

その人は耳にあてていたケータイを指して通話中であることをアピールした。

「おっと、失礼。そうしたら、多嶋くん、電話が終わるまでこのへんにあるものを観察していてください」

「はい」

「今日は一日、吉木さんに従ってくださいね」

「わかりました……」

そう返事をしたものの、まるで自信がなかった。

そもそも、どうして俺は博物館に決まったんだろう？

生まれてこの方《かた》マンション住まいだから、動物なんて飼ったこともない。理科の成績だって2と3を行ったり来たりだ。

どうせ人数合わせってところかな。

落ち着かない気持ちで部屋を見まわすと、四方のラックに奇妙《きみょう》なものが見つかった。

なんだこれ？

ひょっとして、ホルマリン漬《づ》けとかいうやつかな？

透明《とうめい》な瓶《びん》に入った得体の知れない物体は、どれも濁《にご》ったクリーム色をしてる。魚っぽい形をしているものもあるけれど、カブトムシの幼虫っぽかったり、宇宙生物っぽかったりと、様々《さまざま》だ。

「ごめん、ごめん。待たせたね」

夢中で見ていたつもりなんてなかったのに、吉木さんに声をかけられた瞬間《しゅんかん》、俺《おれ》の体はびくっとふるえた。

ドキドキしながらふり返ると、

「きみ、いい日に来たね！」

いきなり、とびっきりの笑顔《えがお》でいわれた。

「今日はすごい検体《けんたい》にお目にかかれるよ！」

「へっ」

「そうだ、名前。名前をきいてなかったね」

「多嶋です。よろしくお願いします」

すっかり吉木さんのペースに巻き込《こ》まれた俺は、胸のネームプレートをつまみながら名乗った。

「ああ、そこに名札があったんだね。ごめん、多嶋なにくん？　下の名前は？」

「育実《いくみ》ですけど」

「イクミ？　どんな漢字を書くのかな？」

「体育の育に実るです」

「ああ、多嶋育実くんね。俺は吉木宏《ひろむ》。ウ冠《かんむり》にカタカナのナとムで宏。専門は魚類って、さすがにそれは知ってるか。主に、モツゴという鯉目鯉科《こいもくこいか》に属する淡水魚《たんすいぎょ》の研究をしているんだけど、モツゴは知ってる？」

「い、いえ」

正直に答えると、吉木さんは「だよなー。まぁメダカの友だちくらいに思っといてくれればいいから」と笑顔になった。

気さくな人みたいだ。

俺《おれ》はほっと胸をなで下ろした。なにしろ、モツゴどころか魚類の定義すらあやしいところだ。

肺がなくて、エラで呼吸しているのが魚類の定義でいいんだっけ？　サメは？　サメは魚類？　クジラは哺乳類《ほにゅうるい》だ。今はまったく関係のないカエルとヤモリとイモリとカメまで登場して、頭の中は魚類と両生類と爬虫類《はちゅうるい》でごちゃ混ぜ状態になった。ここで難しい質問をされたら一発アウト、即《そく》退場だ。やっぱり、理科のノートくらい見返しておくんだった。

「ところで、多嶋くんのほうから質問はある？」

吉木さんにきかれて、俺はまさしく魚のように口をパクパクさせた。

「えーっと……」

嫌《いや》な感じで心臓がドキドキしていく。

そもそも、どうしてあのおばさんはくじ引きみたいな感じで今日の分担を決めてしまったんだろう？　どう考えたって、博士とか、魚に興味があるやつが吉木さんを手伝うほうがいいに決まってる。俺の理科の知識と成績を知ったら、ガッカリするに違《ちが》いない。

「ん、なに？　なんでもいいよ。どうせ博物館で魚類の学芸員がどんな仕事をしているか見当もつかないんだろ？　たまに同窓会に行くんだけどさ、同級生から税金ドロボーって嫌味《いやみ》をいわれるよ。このあいだなんて大臣にまでガン呼ばわりされたしね。公務員はコスパがよくないとか、ときどき来館者アンケートにも書かれるし。あ、今のは全部オフレコで頼《たの》むよ」

吉木さんはペラペラとしゃべり出した。

「で、質問は？」

「あ、はい。あのー、俺、博物館のこととかよく知らなくて……」

止《よ》しておけばいいのに、俺はいきなり真実をカミングアウトしてしまった。

あわてて「いつもどんなことをしてるんですか？」と、小学生がききそうな質問をぶつけると、吉木さんは気を悪くするふうでもなく答えてくれた。

「普段《ふだん》は企画展《きかくてん》の準備をしたり、会議に出たり、展示物の解説をしたり。あとは近隣《きんりん》の小中学校で理科の特別授業をすることもあるかな」

「へー、特別授業」

「個人的に好きなのは、やっぱりフィールドワークだね」

「フィールドワーク？」

「たまに論文を書いたりもするよ」

「論文！」

なんだか出てくる単語がいちいちカッコいい！

大量のホルマリン漬《づ》けを見たときは気味の悪い人だと思ったものの、ここに来て一気に吉木さんに対するリスペクトが芽生えた。

「さてと、自己紹介《しょうかい》はこのへんにしておくとして、今日はよろしく頼《たの》むよ。一日いっしょにいれば、俺《おれ》がどんな仕事をしているかだいたいわかるはず」

「はいっ」

「それで、さっそくで悪いんだけど、今からちょっと付きあってもらいたい場所があるんだ」

「あ、でも、俺、なんにも知らないっていうか……」

恐《おそ》る恐《おそ》る白状すると、吉木さんは人のよさそうな笑《え》みを浮《う》かべた。

「助手は文句いわないの！」

「は、はい！　なんでも手伝いますっ」

てっきり、展示室で来館者に解説をするとか、小難《こむずか》しい論文の資料をプリントアウトするとか、英語の学術書を読む手伝いをするとか……まぁそんなこと俺にはできないんだけど……コーヒーを淹《い》れるとか、机まわりを片づけるとか、そういった、いかにも頭がよさそうな仕事を陰《かげ》で支えるのが今日の俺の役目だとばかり思っていたのだけれど、気づけば、俺は小汚《こぎたな》い軽トラックの助手席に座《すわ》っていた。

ハンドルを握《にぎ》っているのはもちろん、吉木さんだ。

吉木さんは付きあってもらいたい場所があるといったきり、「どこに行くんですか？」ときいても「行けばわかるよ」としか答えてくれない。

徐々《じょじょ》に濃《こ》くなっていく磯《いそ》の香《かお》り。

窓の向こうを流れていく景色はのどかだ。

こんなとき、博士なら気の利《き》いた会話をするんだろうな。

ぼけーっと窓の外をながめていると、吉木さんに話しかけられた。

「多嶋くんは将来はこういう仕事に就《つ》きたいとか、こんな勉強がしたいとか、そういったことはもう決まってるの？」

「いえ。特にこれっていうのは」

「興味がある分野は？」

「それも特には」

「理科はどう？　得意なほう？」

「どっちかっていったら、あんまり」

それきり会話が途切《とぎ》れたので、俺《おれ》は「しまった！」と焦《あせ》った。

きっと、頭の悪い、つまらないやつだと思われたに違《ちが》いない。

だけど、実際、そのとおりなのだった。

国語、数学、理科、社会、英語……。俺は博士みたいに勉強ができるわけではない。といって、番長やコバンザメみたいにクラスで目立つポジションにいるわけでもない。一応、卓球部《たっきゅうぶ》に入っているけど、体育の成績は普通《ふつう》だ。美術も、家庭科も、音楽も、普通。これといってパッとするものがない。家に帰ったらどうかというと、目下、両親は超反抗《ちょうはんこう》的な姉ちゃんにかかりっきりで、家でも俺の存在感はゼロなのだった。

「あのー、吉木さんはそのー、いつから魚に興味があったんですか？　えっと、ムツゴでしたっけ？」

無言のプレッシャーに耐《た》えかねて、俺はまたしてもつまらない質問をしてしまった。

「ムツゴじゃなくてモツゴね」

そう答えた吉木さんの声が尖《とが》っていたような気がして、俺は焦った。

「す、すみません」

「モツゴに興味を持ったのはいつだったかな？　気づいたら興味を持っていたっていう感じかな。ほら、よく恋《こい》はするものじゃなくて気づいたら落ちているものだというだろう？　一方で興味関心はじっくりと育んでいくものなんじゃないかな。一応、モツゴも鯉《こい》の仲間ではあるんだけど」

「へっ」

「今の、恋と鯉をかけてみたんだ。くくくっ」

俺は、ひとりでウケている吉木さんに「はぁ」と、ため息みたいな相槌《あいづち》を打った。

窓の向こうに白いものが見えた気がして、顔を向けると、空の低いところをカモメが飛んでいた。

そうこうするうちに軽トラが到着《とうちゃく》したのは、博物館から三十分ほど走ったところにある漁港だった。

「どうも！」

吉木さんが運転席の窓を開けたので、車内は一気に磯臭《いそくさ》くなった。

「おーう、えらい早かったなぁ」

潮風といっしょに野太い声が入ってくる。

ねじり鉢巻《はちまき》のおじさんだ。いかにも海の男、漁師といった雰囲気《ふんいき》で、黒いゴム長《なが》靴《ぐつ》を履《は》いて、汚《よご》れた前掛《まえか》けを着けていた。

いったい、吉木さんはなんの用があってこんなところに来たのだろう？

わけがわからないまま、俺《おれ》も車から降りた。

停泊《ていはく》中の小さな船を洗っている漁師さんが数人いるだけで、周囲に活気はない。

やけに盛り上がっているふたりのあとをついて行くと、漁港の突端《とったん》に青いバケツが置いてあるのが見えた。

「ミックリエナガチョウチンアンコウですか？」

吉木さんはききながら足を速めた。

「たぶんな。このあいだも別件で来てもらったばっかだからよぉ、どうしようかと迷ったんだ。けど、前に先生が、違《ちが》っても、無駄足《むだあし》になってても構わないっていってたのを思い出してよ、じゃあってんで電話したってわけ」

おじさんは野太い声で話すと、そこではじめて俺を見た。

それに気づいた吉木さんがあいだに入って、俺を紹介《しょうかい》してくれた。

「第一中の二年生で、多嶋育実くんです。今日は博物館に職場体験で来ていて、ぼくの助手をしてもらっています」

「こんちは」

俺はぺこっと頭を下げた。

「こちらは漁師歴四十年の太田《おおた》さんね。たびたび貴重な検体《けんたい》を寄付してくださるんだ」

検体？

「よせやい、先生。俺はそんな大したことはしてねぇよ」

おじさんは満更《まんざら》でもなさそうな顔でいい返すと、あらためて俺を見た。

「そういやぁ、うちの倅《せがれ》もこれくらいの年頃《としごろ》に役場だかどっかに行ったことがあったなぁ。そのせいであれだよ、結局、家業《かぎょう》は継《つ》がずに公務員なんかになっちまって、終《しま》いには婿《むこ》入《い》りまでしてよぉ。親泣かせな長男なんだ。で、坊主《ぼうず》はなんでまた博物館で職場体験なんかしてんだよ？　生き物が好きなのか？」

「それは、そのぉ」

おじさんに単刀直入にきかれて、俺《おれ》はしどろもどろになった。

こういうとき、博士だったらなんて答えるんだろう？　さすがは博士って感じの、いかにも頭が良さそうなことをいうに違《ちが》いない。

どうしたものかと困っていると、「くくっ」と吉木さんの笑い声がした。

「生き物は生き物でも、うちにいるのは死んだ生き物ですけどね！」

「だーっはっは。たしかに、生き物と触《ふ》れあいたけりゃ動物園か水族館に行けって話だよな。だけどな、坊主《ぼうず》、よろこべ。今日のは死にたてだぞ！」

「いいですね、死にたて！　嗚呼《ああ》、ドキドキするなぁ」

「これだよ、ほら」

吉木さんは足もとの青いバケツをのぞき込《こ》むや「おおっ。本物ですね！」と、うれしそうな声をあげた。

「先生がいうには、ここにくっ付いてるこれがオスなんだろ？」

おじさんがバケツに向かって太い指をさしている。

「そのとおり」

吉木さんは短く答えてから、俺を手招きした。

「ほら、助手！　早く」

「あ、はいっ」

俺は小走りでふたりのもとへと駆《か》け寄《よ》った。

うちの洗濯《せんたく》場にもありそうなプラスチックのバケツをのぞき込む。と、そこにいたのは……。

「なんすか、これ！」

直前まで、なるべく賢《かしこ》そうな言動をするよう心がけていたはずが、考える間もなく口が動いていた。しかも、中途半端《ちゅうとはんぱ》なタメ口。

それくらい、そのバケツに入っていたものはグロテスクで気味が悪かった。

「アンコウだよ」

おじさんが答えた直後、

「アンコウはアンコウでも、ミツクリエナガチョウチンアンコウといって、チョウチンアンコウの仲間です」

すかさず吉木さんが訂正《ていせい》した。

吉木さんはフランクで話しやすい人だけど、名前を間違《まちが》うことが嫌《いや》みたいだ。

「ミ、ミツクリ……?」

だめだ。カタカナは全部、英語にきこえる。

「ミツクリエナガチョウチンアンコウ。覚えられなければ、百歩譲《ゆず》ってチョウチンアンコウでも構わないよ。ただし、ただのアンコウはだめ。それとはまったく違《ちが》う生き物なんです」

吉木さんは釘《くぎ》を刺《さ》した。

「チョウチンアンコウは知ってんだろ?」

おじさんにきかれて、俺《おれ》はうなずいた。

「名前だけ。なんか、頭の上に提灯《ちょうちん》がくっ付いててそれが光る、みたいな?」

俺はマンガに登場する海獣《かいじゅう》キャラクターのような魚を思い浮《う》かべながら、もう一度、バケツをのぞいた。

が、思い描《えが》いていた提灯はどこにもない。

バケツには、ガマガエルっぽい質感の物体がごてっと収まっている。表面はぬめぬめしているようだけど、ところどころボコボコしていて、植物の根っこみたいなものがひょろりと数本生えている。

簡単にいうなら、ゴジラの一部を適当に切りとってぬめり気を出してみました、とでもいうような代物《しろもの》だ。どっちが頭でどっちが尻尾《しっぽ》かもはっきりしない。上下はこれで正しいんだろうか？

触《さわ》ることさえ躊躇《ちゅうちょ》するグロテスクな物体を、けれど、吉木さんは素手《すで》で軽々《かるがる》と持ちあげた。

「これがオスね」

吉木さんが指をさしながらそういったとき、俺はてっきり、その塊《かたまり》自体の性別をいっているんだろうと思った。だけど、違ったようだ。

「あと、ここにある突起《とっき》もオスだな」

吉木さんはさっきとは違う場所を指して、また同じことをいった。

「………」

俺はまたしても言葉に詰《つ》まった。俺はしょっちゅう、なにをどういったらいいかわからなくなるけれど、今回は、吉木さんがいわんとしている意味がまったくわからなかった。

俺《おれ》の目に、その物体はひとつの塊《かたまり》みたいに見える。けれど、そう見えるだけで、実際は、何匹《びき》ものアンコウ……じゃなかったチョウチンアンコウが寄り集まっているとでもいうのだろうか?

まさかね。

吉木さんをふり向くと、俺の反応を待っているようだった。

どれだけ考えたところで、どうせカッコいい質問なんて浮《う》かばない。俺の口から出る言葉は幼稚《ようち》で、空っぽだ。

俺はそんな自分にガッカリしながら、仕方なく質問した。

「こいつ、一匹《ぴき》じゃないんすか?」

すると、吉木さんがとびきりの笑顔《えがお》になった。

「いい質問だね! いいよ、多嶋くん。うん、すごくいい質問だ!」

「へっ」

吉木さんはうれしそうに、左手に乗っけた物体について解説してくれた。

吉木さんの話によると、チョウチンアンコウの一種であるミツクリエナガチョウチンアンコウは、オスとメスでかなり大きさが違《ちが》うらしい。メスは全長が四十センチ以上にもなるのに対してオスは八センチ未満と、メスの五分の一にも満たないくらいにしか成長しないという。

「さっき、多嶋くんがいっていた提灯《ちょうちん》はここにあるこれね。背びれの先端《せんたん》の棘《とげ》が変化したもので、俺たちは誘引突起《ゆういんとっき》と呼んでいるんだけど、ここから発光液を噴出《ふんしゅつ》することでエサを捕食《ほしょく》しているんじゃないかともいわれているんだ」

「ともいわれている？」

俺としたことが、ついきき返してしまった。

「なにしろ深海魚だからね。ミツクリエナガチョウチンアンコウに限らず、まだまだ生態が謎《なぞ》に包まれている生物は多くて、今もって推察《すいさつ》の域を出ないんだよ。ところで、これまでの説明はわかってくれたかな？」

「あ、はい」

ところが、吉木さんは「本当に？」とでもいいたげな顔で俺を見た。

俺は腹を決めると、切りだした。

「あの、やっぱ、わからないっていうか……。だって、今の話だと、オスは最大でも八センチに満たないって」

「うん、そういったよ」

「だけど、さっきは、こいつをオスだって」

吉木さんの手の上にある物体は、小さく見積もっても二十センチ以上はありそうだ。俺《おれ》のペンケースに入っている定規より大きいという確信があった。

「うん、それもいった。多嶋くん、すごいじゃないの！」

「へっ」

「理科はあんまり得意じゃないなんていってたけど、着眼点がすごくいいよ。生物の不思議にどんどんクローズアップしていくね！」

「いやいや、俺なんか知らないことばっかだし……」

「知らない！　素晴《すば》らしいじゃないか。知らないことを知ろうとするとき、知の扉《とびら》は開かれるんだよ！」

そういうものだろうか？

吉木さんはニコニコと、解説のつづきに戻《もど》った。

深度二百から千二百五十メートルの海の底にいるミツクリエナガチョウチンアンコウは、滅多《めった》に仲間に遭遇《そうぐう》しないらしい。オスは性的に成熟すると、真っ暗な海の底をメスを探して泳ぎまわるようになるそうだ。そして、運よく同種のメスに出会うと、変形した口で噛《か》みついてメスと融合《ゆうごう》するのだとか。じきに血管がつながって、やがてオスの目や消化器は退化してしまうという。

「最後に残るのは精巣《せいそう》のみ。いってみれば、究極の愛ってやつだよね」

吉木さんが噛《か》みしめるようにつぶやくと、そばで話をきいていたおじさんが黄色い八重歯《やえば》をニッとのぞかせて、「それをいうならヒモだろ、ヒモ」と笑った。

「そうともいうかもしれませんね。とにかく、その愛の結晶《けっしょう》がほら、ここにも、こっちにも着いているのがわかるだろ？　ここに付着しているものこそが、ミックリエナガチョウチンアンコウの元オスというわけ」

あらためて注目すると、ぬめっとしたチョウチンアンコウの表面にこぶのような、襞《ひだ》のようなものがふたつあった。

「二匹《ひき》いる？」

「深海で律儀《りちぎ》に一夫一婦制なんかやっていたらあっという間に絶滅《ぜつめつ》しちゃうだろ。出会ったときがチャーンス！　一匹のメスに複数のオスが着いていることはめずらしくないんだ」

そこで、またおじさんが話に割り込《こ》んできた。

「どうだ坊主《ぼうず》、金玉が縮みあがっただろ？　俺もはじめてこの話をきいたときはゾッとしたけどよぉ、でも、上手《うま》くできてるっちゃあ上手くできてるんだよな。先生がいうには、そのでっけえ口だって、真っ暗な深海で、少しでも確実にエサを食べるために進化した結果だっていうじゃねぇの」

「そのとおり！　すごいじゃないですか、太田さん。太田さんもすっかりミックリエナガチョウチンアンコウの解説ができるようになりましたね。以前は、食用にならない魚には興味なしって感じだったのに」

「今だって先生ほどは興味を持っちゃいねぇよ。それに、やっぱ、アンコウといったらアン肝《きも》だろ。アン肝が取れないんじゃ話にならねぇからな」

「アンキモ？」

小声でつぶやいた俺《おれ》に、吉木さんが答えてくれた。

「アン肝は、アンコウの肝臓《かんぞう》のこと。深海はエサが少ないからね。自分の肝臓《かんぞう》に脂肪《しぼう》を溜《た》めこんで徐々《じょじょ》に使うシステムになってるんだ」

「これがまた酒のつまみにうってつけなんだ！　けどよぉ、そのアン肝だって、先生の話じゃ、深海で生活するために浮《う》き袋《ぶくろ》が必要なくなった結果、肝を収納するスペースがでかくなったおかげだっていうじゃねぇの。その副産物を俺たちは旨《うま》い旨《うま》いって食ってるわけだ。そういうことを知るとよぉ、ウチの母ちゃんのたるんだ腹にも意味があんのかな、なんて思っちまうよな。まっ、さすがにそれはねぇかっ。だーっはっは！」

おじさんはげらげらと笑いながら、吉木さんが持っているミツクリエナガチョウチンアンコウをちょんちょんと指でつついた。

その瞬間《しゅんかん》、俺が思い出していたのは二つ歳《とし》の離《はな》れた姉ちゃんだった。

高校に入ると同時に荒《あ》れだした姉ちゃんは、最近ではほとんど学校に行っていない。だぼだぼのスウェットを着て、ごちゃごちゃしたネイルの指先でピンセットをつまんで、器用に眉毛《まゆげ》を抜《ぬ》いている。「うっせー」「こっち見んな」「邪魔《じゃま》！」という、姉ちゃんお得意のフレーズが、まさに姉ちゃんの声で脳内《のうない》に再生された。

ひょっとすると、姉ちゃんもあれでけっこう一生懸命《いっしょうけんめい》なのかもしれないな。

「多嶋くんも触《さわ》ってみる？」

「いえ」

吉木さんが誘《さそ》ってくれたけれど、俺《おれ》は反射的に首を横にふってしまった。そして、すぐに、やっぱり断らなければよかったと後悔《こうかい》した。

「ほら見ろ、金玉が縮みあがっちまったよ。やっぱ、この話は中学生には刺激《しげき》が強いんだって」

おじさんは八重歯《やえば》をのぞかせて豪快《ごうかい》に笑った。

チョウチンアンコウをもらって博物館へ帰る途中《とちゅう》、俺《おれ》は吉木さんにきいてみた。

「チョウチンアンコウはこのあとどうするんですか？」

吉木さんはバックミラー越《ご》しに後部座席のクーラーボックスに目を向けた。

「薬剤《やくざい》で処理をして『液浸標本《えきしんひょうほん》』にする予定だよ」

「えきしんひょうほん？」

なんだ、その魔術《まじゅつ》みたいな名前は。

「液浸標本の代表的なものはホルマリン漬《づ》けだね。俺の部屋にもいくつか置いてあったと思うけど、見なかった？」

俺はラックに並んでいた、透明《とうめい》な瓶《びん》に入った得体の知れない宇宙生物のような物体を思い浮《う》かべた。

「ああいうのを作るのが吉木さんの仕事なんですか？」

「あはは っ。多嶋くんは本当にいい質問をするよね。もちろん、ああいうものを作るのだって俺たちの仕事のひとつだよ」

吉木さんがいうには、自然史系の博物館では「検体」を集めているらしい。

検体というのは、簡単にいってしまえば死んだ動物のことだ。それをもとに標本を作り、資料として後世に遺《のこ》していくというのが博物館の役割のひとつでもあり、そこで働いている吉木さんたち学芸員の仕事でもあるという。

そして、博物館に検体が持ち込《こ》まれるルートはいくつかあるらしい。動物園や水族館で死んだ動物が提供されることもあれば、県の自然保護センターが捕獲《ほかく》した害獣《がいじゅう》などが提供されることもあるという。それ以外にも、今回のように、一般人《いっぱんじん》から連絡《れんらく》を受けてもらいに出向くケースも少なくはないのだとか。

「俺の専門は魚類だから、検体をもらいに行くといっても漁港や川、釣《つ》り場なんかがメインだけど、哺乳類《ほにゅうるい》や鳥類の学芸員はもっとハードなことをやっていたりするよ」

「もっとハードなことって？」

「たとえば、山の中や交通事故で死んだ野生動物を引き取りに行くとかね」

俺《おれ》は「マジっすか！」といったきり、またしても言葉に詰《つ》まってしまった。

俺は真っ白になった頭で、今朝のボランティア控室《ひかえしつ》でのひとコマを思い出した。

鳥類を手伝うことになったのはたしか、番長だったはず。そして、哺《ほ》乳類《にゅうるい》は……黒ヘルだ。

あいつらは、今ごろ、そういう仕事を手伝っているんだろうか？

「さっきの太田さんは、何年か前に飲み屋でいっしょになったのが最初だったかな？漁師仲間と『たまに気味の悪い深海魚がかかる』なんて話しているのを近くできいていて、もし、またもずらしい魚がかかったらおしえてほしいとお願いしたんだよ。それからは度々《たびたび》連絡《れんらく》をもらうよ」

「なんで、そんなに？」

「サンプルは複数あったほうがいいからね。おかげで助かってるよ」

博物館の駐車場《ちゅうしゃじょう》に到着《とうちゃく》したところで、吉木さんから昼休憩《きゅうけい》を取るようにいわれた。

「昼飯は持ってきてるんだよね？」

俺はシートベルトを外しながら「弁当を持ってきました」と答えた。

「食事はボランティア控室を使ってくれていいから。場所はわかる？」

「たぶん」

「じゃあ、途中《とちゅう》までいっしょに行こう」

吉木さんは検体の入ったクーラーボックスを肩《かた》に担《かつ》ぐと歩きはじめた。

「ここを曲がるとトイレで、この廊下《ろうか》の途中にあるのがボランティア控室ね。俺は最初の部屋にいるから、なにかあったらこのまま廊下をまっすぐ」

「わっかりましたー」

俺は調子よく答えてから「あっ、昼休みは何時までっすか？」と、吉木さんの背中に声をかけた。

「一時間くらい取っていいよ。だから、十二時ちょっと過ぎまでかな。午後は午後で手伝ってもらう仕事があるから、しっかり休んでおいて」

「はいっ」

俺はしばらくその場に突《つ》っ立っていた。

廊下のところどころに置いてある段ボールやラックのわきを、クーラーボックスを担いだ吉木さんが一定のリズムで歩いていく。

なんだか不思議な人だな。

気づけば、俺《おれ》は吉木さんに遠慮《えんりょ》なく話しかけられるようになっていた。

この調子で、午後はどんなことでも質問できそうだ。わからないことも「わかりません」と堂々といえるはず。そうだ！　どうして正しく名前をいうことにこだわるのかきいてみよう。なにか理由があるに違《ちが》いない。

俺はそんなことを考えながら、意気揚々《いきようよう》とボランティア控室《ひかえしつ》のドアを開けた。

部屋には「コバンザメ」がいた。ドアに背を向けて、ソファーにぽつんと腰《こし》かけている。

「もう昼飯なん？」

そんなふうにききながら近づいていくと、コバンザメのひざの上に木箱のようなものが載《の》っていた。

給食のコッペパンが入っているバットくらいの大きさで、もう少し浅い造りだ。

「なんなん、それ？　なにしてるん？」

「………」

話しかけてみたけれど、コバンザメからの返事はない。

そもそも、俺たちは個人的に話したことがなかった。四月のクラス替《が》え以降、男子と女子のあいだに見えない壁《かべ》ができた。特に、女子の中でもコバンザメは絡《から》みづらい存在だ。しかも、親がモンスターペアレントで、なにかにつけてクレームを付けるといううわさまであった。

話しかけられたのが気にくわなかったのか、コバンザメが俺をにらみ付けた。

「なんでいるわけ？」

「なんでって、フツーに昼飯だけど？」

正直に答えたのに、「はぁ？　もう休憩《きゅうけい》？」とキレ気味にきき返されて、今度はこっちがムカついた。

ったく、これだから女子は嫌《いや》なんだよな。気にくわないことがあるとすぐにイラついて、態度に出す。だいたい、ここはおまえの部屋じゃないんだぞ。

こんなやつ、もう知るもんか。

コバンザメなんか無視して弁当を食うつもりが、ひざの上に載っている木箱がどうしても気になった。

俺《おれ》は箸《はし》を置いた。

「午前中の仕事に一区切りついたから、ちょっと早いけど弁当食ってこいって、担当の人にそういわれたんよ」

「あっそ」

「で、おまえは？　こんなところでなにしてるん？　名札の裏になんて書いてあったんだっけ？」

再びアタック！

「多田《ただ》には関係ないでしょ」

……玉砕《ぎょくさい》。

っていうか、なんだよ「多田」って。俺《おれ》、多田じゃねぇし！　名前を間違《まちが》えるなんてあり得ないんだからな。ここに吉木さんがいたら、即刻《そっこく》、注意されんぞ。しかも、なんでそんなに偉《えら》そうなんだよ。

くっそー、ムカつくなぁ。

コバンザメのつんけんした感じに、ついには俺も無言になった。

黙々《もくもく》と弁当を食いながら、コバンザメの作業をちら見する。

コバンザメの木箱には、煤《すす》けた煉瓦《れんが》のような、瓦礫《がれき》のようなものが入っていた。小石くらいのものもあるけれど、大きなものだと俺の手のひらくらいありそうだ。

それをひとつ、またひとつと手に取っては、ひとしきりながめてもとに戻《もど》す、という動作をコバンザメはくり返していた。時おり、テーブルに置いてあるスマホが短くふるえて、面倒《めんどう》くさそうに返事を打っている。

「あっ、思い出した！　あの読めない漢字だ。その仕事がそれなん？」

俺のバカ！

黙《だま》って弁当を食うつもりが、うっかり質問してしまった。さっきまで吉木さんといたせいで頭が質問モードになっているのかもしれない。

「もーっ、ごちゃごちゃうるさいなぁ。集中できないでしょ！」

やっべ。怒《おこ》らせちまった。

「悪い」

俺はあわてて謝ると、冷えて脂《あぶら》っぽくなったコロッケを口いっぱいにほお張《ば》った。

次の瞬間《しゅんかん》、わざとらしいほど大きなため息がきこえて、ようやくコバンザメがこっちを向いた。

「多田は何類だっけ？」

「何類？　ああ、今日の仕事のことか。魚類だよ。っていうか俺《おれ》、多田じゃないんやけど」

「楽しかった？　どんなことを手伝ったわけ？」

俺はよくぞきいてくれましたとばかりに、勢いよく話しはじめた。

「実は、漁港に行ってきたんだ！　えーっと、なんていったかな、ミツクリ……エナガチョウチンアンコウだったかな？　チョウチンアンコウわかるだろ？　その仲間の深海魚を引き取りに行ったんだけど、なんかさ、博物館って後世に遺《のこ》すための資料作りをしてるらしくて、そのための検体集めもしてるみたいなんだよな」

興奮するあまり、マイブームの関西弁が抜《ぬ》けてしまった。

「検体？」

「簡単にいうと、死んだ生き物のこと。今日、漁師さんからもらったチョウチンアンコウの仲間もすっげぇ面白《おもしろ》いんだ！　オスとメスで体長が全然違《ちが》って、オスはメスに出会うと噛《か》みついて一生離《はな》れないんだってさ。それどころか、最後には精巣《せいそう》だけ残してただの突起物《とっきぶつ》になるんだぞ。すごくね？」

さっき、吉木さんにおしえてもらったミツクリエナガチョウチンアンコウの神秘的な生態をこれでもかというほど伝えたつもりが、コバンザメは眉《まゆ》をひそめた。

「怖《こわ》っ！　執念深《しゅうねんぶか》すぎ。そのへんのストーカーなんか目じゃないね」

「いやいやいや、ストーカーじゃなくて愛だろ、愛！　自分の命と引き換《か》えに同化するんだぞっ」

思わず力説すると、コバンザメの眉間《みけん》にますます深いしわが入った。

どうして伝わらないんだろう？　俺はあんなに感動したのに……。

そう思って、「感動」という言葉に自分自身が驚《おどろ》いた。

そっかー。俺、感動してたんだ。

そんなことをしみじみと嚙《か》みしめながら、弁当をもそもそ食っていると、不意にコバンザメの声がした。

「あたしは古脊椎動物《こせきつい》」

「コセキツイドーブツ？」

ああ、あの読めない漢字か。

「多田は脊椎動物の説明できる？」

コバンザメに上から目線で質問されて、俺《おれ》の頭の中を、知り得る限り色んな生き物がメリーゴーラウンド状態で駆《か》けめぐりはじめた。

「脊椎《せきつい》動物はあれやろ？　背骨がある動物のことやんな、たしか……」

このあいだ授業で習ったばかりだ。

辛《かろ》うじてそう答えたものの、まるで自信はなかった。

「背骨のある動物って？　たとえば？」

「だから、鳥類とか哺乳類《ほにゅうるい》とか……。あれ、鳥類は背骨がないんやっけ？」

「魚類は？」

「魚類はあるんじゃやねぇの。サンマなんてびよーんってすっごい背骨やん。むしろ背骨しかないっていうか。魚類は脊椎動物で間違《まちが》いなし！　あれ？　でも、魚は動物じゃないんかな」

「正解は、魚類も両生類も爬虫類《はちゅうるい》も鳥類も、もちろん哺乳類にも背骨はありまーす。みんな脊椎動物でーす」

勝ち誇《ほこ》ったようにいうコバンザメに、俺は内心イラついた。

「なんだよ、知ってんなら最初からきくなよな。で、結局、古脊椎動物ってなんなん？」

「久遠さんがいうには、背骨のある古生物の化石を研究する学問を『古脊椎動物学』って呼ぶんだって。古生物っていうのは、大昔に存在していた生き物のことね」

「ということは、そこにあるそれは、ひょっとして……」

俺はあらためて、コバンザメのひざの上に載《の》っている、浅くて広い木箱のようなものと、その中に散らばっている瓦礫《がれき》のような石を見た。

「そっ。この中に、もしかしたら古生物の化石が含《ふく》まれているかもしれないんだって」

ほらな！　やっぱ、博物館といえば化石探しだろ。

「すっごいやん！」

「ホントに入ってるならねー」

「そんなすごいこと、なんでひとりでやってるん？」

「あたしの担当者、電車の遅延《ちえん》でまだ来てないみたい。その人が到着《とうちゃく》するまで、ここで化石探しをしているようにいわれたんだけど、もう無理。限界！」

「なんで？」

「多田ってバカ？　考えてもみなよ。そんな簡単に化石が見つかるわけがないでしょ。だいたい素人《しろうと》にそんなことができるなら、あっという間に、そこら中から化石が見つかってるはずですから！　それとも、多田はこれまでの人生で化石を見つけたことがあるわけ？」

またしても上から目線で問いただされた。

「俺《おれ》？　俺はないけど」

「でしょー」

「っていうか、俺、多田じゃねぇし」

俺が再び否定した直後、「コン、コン」とドアをノックする音がした。

ノジュール

担当　橋《はし》本《もと》恋《れん》歌《か》

「古脊椎《こせきつい》の子はいますか？」

ボランティア控室《ひかえしつ》で、見つかるはずもない化石を探していたあたしは、ふり向いた瞬間《しゅんかん》ガクッと肩《かた》を落とした。

ちなみに、化石は、今朝、久遠《くおん》さんというおばさんから託《たく》されたものだ。たまたまあたしが選んだ名札の裏に「古脊椎」とメモがあって、それが、今日、あたしが手伝う仕事ということだった。

久遠さんは、あたしを博物館の裏庭みたいなところに連れていくと、積んであった木製トレーのひとつを持ちあげた。そして、担当者が出勤するまで化石探しをしているようにと指示を出すと、土で汚《よご》れた鏨《たがね》とハンマーも差しだしたのだった。

そんなものを渡《わた》されたって、困る。

あたしは木製トレーを手に途方《とほう》に暮れた。

どこで採集してきたものなのか、いつの時代の地層なのかはわからないけれど、トレーの中には土埃《つちぼこり》にまみれた瓦礫《がれき》がゴロゴロしている。

うわっ、汚《きたな》い。手が汚《よご》れちゃう。

はっきりいって、興味関心ゼロなんですけど。

それでもなんとか投げ出すことなく化石探しをつづけたのは、もしかしたら、まだ見ぬ古脊椎《こせきつい》担当の人がめっちゃイケてるお兄さんかもしれないという可能性に賭《か》けたからだった。

……だけど、もうどうだっていい。

ドアの向こうから姿を現した人物をひと目見た瞬間《しゅんかん》、あたしの淡《あわ》い期待は木端微塵《こっぱみじん》に砕《くだ》け散ったのだから。

「はい」

あたしは冷静な声で返事をすると、ドアへ近づいた。

「遅《おく》れてごめんなさい！　古脊椎担当の百瀬《ももせ》といいます。本当はベテラン学芸員が付いて色々とおしえてあげられればよかったんですけど、今日はたまたま学会で出張中で。僕《ぼく》はまだ半人前ですけど精いっぱいフォローしますので、よろしくお願いします！」

標準語とは少しイントネーションの異なるアクセントで自己紹介《しょうかい》をしたその人は、額にびっしり玉の汗《あせ》をかいていた。電車の遅延《ちえん》を少しでも取り戻《もど》そうと、駅から走ってきたのかもしれない。

ひょろりと身長ばかり高くて、まるで色の白いラクダだ。全然、あたしの好みじゃない。

「あ、大丈夫《だいじょうぶ》です」

あたしが答えると、その人はホッとしたような顔になった。

「よかったぁ。怒《おこ》ってたらどうしようかと心配しました。あ、そうだ。名前をきいてもいいかな？」

「橋本《はしもと》ですけど」

気を許したということなのか、以後、百瀬さんはタメ口になった。年上だからタメ口でいいはずなのに、なんだかあたしはムカッとした。

「橋本さんね。今日はよろしく。そうしたら、そのトレーはテーブルに置いていこうか。あとで僕《ぼく》が片づけておくよ」

百瀬さんにいわれたとおりトレーを置きに戻《もど》ると、お弁当を食べていた多田《ただ》が話しかけてきた。

「それ、俺《おれ》がつづきをやってもいいんかな？」

今日の多田はいつになく口数が多い。さっきだって気持ちの悪い深海魚の話なんか熱心にふってきて、鬱陶《うっとう》しいことこのうえなかった。だいたい、成績も運動神経も顔面偏差値《へんさち》も教室での存在感もただの人だから「多田」なのに、テンションの高い今日はただの人という感じがしない。

「いいんじゃないの」

百瀬さんに対するムカつきもあって、あたしはいつも以上にそっけなく答えた。

「勝手に触《さわ》ったりして怒《おこ》られへんかな？」

「怒られるもなにも、これ、当たりの入ってない空くじを引きつづけるみたいなものだよ。外れくじを引きつづけるのがバカバカしくないんだったら、勝手にすればいいんじゃやない？」

嫌味《いやみ》が通じないのか、多田は目をぱちくりさせている。

ったく、どうして男子はこうも頭が悪いんだろう。

あたしは多田の視線をふり払《はら》うように、小走りでボランティア控室《ひかえしつ》をあとにした。

廊下《ろうか》で待っていた百瀬さんに「置いてきました」と報告すると、

「ホント、待たせちゃって悪かったね。まさかこんな大事な日に電車が遅《おく》れるなんてツイてないよな」

百瀬さんはジェスチャーを交えながら話した。

あーあ、これがイケてるお兄さんだったらなぁ。デートの待ち合わせに遅れた恋人《こいびと》同士みたいな会話が楽しめたのかもしれないのに。

今のあたしの願いはただひとつ、百瀬さんに汗《あせ》を拭《ふ》いてもらうことだ。百瀬さんがジェスチャーをするたびに汗が飛んできそうで、気が気じゃなかった。

適度な距離《きょり》をとりつつ廊下《ろうか》を歩きはじめると、百瀬さんに質問された。

「ところで、化石は見つかった？」

「いえ」

「そっかぁ、残念だったね。化石の発見者にはアマチュアも多いんだよ。まったくの素人《しろうと》がたまたま見つけた化石が世紀の大発見だったりしてさ」

「そうなんですか？　でも、いいです。最初から見つかるなんて思ってなかったので」

うっかり本音をこぼすと、百瀬さんが首をひねるような仕草をした。

「どうして？」

「はい？」

「どうして見つけようと思って探さなかったの？」

「だって、化石が混ざっているとは思えなかったし、それに、あたしには知識がないから」

「もったいないよ！　知識のあるなしと、目の前の物事を面白《おもしろ》く受け取れるか否《いな》かは別物だろっ」

突然《とつぜん》の大声に、あたしはただただびっくりした。

そのとき、ジャージのポケットに入れておいたスマホがふるえた。

きっと、ママからだ。さっき化石を探しながら、博物館での仕事内容を逐一《ちくいち》報告していた。今朝、家を出るときに「もし、アレルギーが出て体調が悪くなりそうだったら早めに連絡《れんらく》しなさいね。ママが早退させてもらえるように頼《たの》んであげる」といわれていたからだ。体調が悪いわけではなかったけれど、退屈《たいくつ》な作業に嫌気《いやけ》がさして愚痴《ぐち》をこぼしていたのだった。

あたしはママからのメッセージはとりあえず放っておくことにして、妙《みょう》なポーズのまま固まっている百瀬さんを見た。

ひょっとすると、百瀬さんは、あたしが化石に興味を持っているから「古脊椎《こせきつい》」を手伝うことになったと思っているのかもしれない。そもそも、博物館が好きだから、職場体験先にここを選んだと勘《かん》ちがいしているのかも。

実際は、博物館にも古脊椎にも、もちろん化石にも、これっぽっちも興味なんか持っていない。

それを伝えるのは、今しかないかもしれない。

というわけで、あたしは正直に打ち明けた。

話をきき終えた百瀬さんは言葉を詰《つ》まらせた。

次の瞬間《しゅんかん》、百瀬さんの目からこぼれ落ちたものに、あたしの背筋は凍《こお》りついた。

百瀬さんのラクダのような目から一粒《ひとつぶ》の涙《なみだ》がこぼれ落ちたのだ。

「えっ」

泣いてる？　この人泣いてるの？

何度か自問自答してみたけれど、どこからどう見ても百瀬さんは涙をこぼしている。いい年をした大人が、初対面の中学生に泣き顔を見せるなんて、めちゃくちゃカッコ悪い。

もしかして、あたしのせい？　あたしが博物館にも古脊椎《こせきつい》にも化石にも興味がないなんていったから、傷ついて泣いてるわけ？

「ごめん……どうしちゃったのかな。あははは」

百瀬さんの声にかぶせるように、あたしも「あはは」と面白《おもしろ》くもないのに笑ってあげた。

百瀬さんはひとしきり笑うと、まるで自分が悪いみたいにこうつぶやいた。

「橋本さんに博物の面白さを伝えきれていないのは、僕《ぼく》たち職員の責任だな」

その熱いセリフに、当然、あたしはぽかんとするしかなかった。

意外なことに、百瀬さんはここの正規職員ではないそうだ。嘱託《しょくたく》職員といって、期限付きで特定の業務を任されているのだとか。

「最近は学芸員戦国時代だから、資格を取ったくらいじゃ博物館には就職できないんだよ。僕にいわせたら、ここで働いてる人たちは選《え》りすぐりのエリートばかりさ」

「そうなんですか」

そのわりには、博物館っていまいちパッとしない気がするんですけど。

「好きこそものの上手なれとはいうけれど、研究もその他の業務も等しくこなすというのは本当に大変なことだと思うよ。特定の分野の第一人者を目指して研究を重ねて、評価されるような論文を書いて、さらには展示のために知恵《ちえ》を絞《しぼ》って、細々《こまごま》とした書類仕事だってこなさなくちゃいけないんだからね」

「でも、いくらエリートぞろいでもお客さんが来なければ意味ないと思うんです」

エリート学芸員の肩《かた》を持つ百瀬さんに、思わずあたしは反論した。

「というと？」

「博物館ってあんまりお客さんがいませんよね？　うす暗くて、いつ来ても同じものばっかり展示してあって新鮮味《しんせんみ》もないし。それに、埃《ほこり》っぽくてヘンなにおいもするし」

せめてアイドル顔負けのイケメン学芸員がいればお客さんも増えるのかもしれないけど。

ラクダ面《づら》した百瀬さんをチラリとうかがって、さすがに最後のひと言は飲みこんだ。

「ひょっとして、橋本さんは博物館に来る機会がそんなになかったんじゃないの？」

「だから、さっきもそういったじゃないですか。博物館にも古脊椎《こせきつい》にも化石にも興味はないって」

語気を強めていい返すと、「そっか、そうだったね。ごめん」と、またしても百瀬さんが瞳《ひとみ》をうるませた。

あー、もうっ。面倒《めんどう》くさい人だなぁ。

「でも、少しは来たことありますよ。二回か、三回くらい？　ほら、あたしって同じ場所に何度も行くよりは新しいところに行きたい人だから。それに、どっちかっていったら博物館より美術館派だし」

「フォローありがとう。たしかに、博物館より美術館のほうがおしゃれだよな。建物もきれいだし、グッズも充実してるし、洒落たカフェなんかも併設されてるしね。橋本さんは知らないかもしれないけど、博物館も年に何度かテーマや期間を決めて、常設展とは別の特別展や企画展《きかくてん》をやっているんだよ。たとえば、夏休みに、恐竜《きょうりゅう》や昆虫《こんちゅう》をテーマに親子で楽しめるような体験型の企画展をやったりね」

「そうなんですか」

てっきり、いつ来ても同じものばかり展示してあると思っていたから驚《おどろ》いた。そこそこ努力してるじゃん、博物館。いや、学芸員か？

あたしが密《ひそ》かに感心していると、百瀬さんが声を落とした。

「ただし、僕《ぼく》が出す企画はボツつづきでね。そのうえ、どうも僕には化石を見つける才能がないみたいなんだ。これまでに『これだ！』っていうものに出会ったことがないんだもの、笑っちゃうだろ。だから、来年、ここの任期が切れたらアメリカの大学院に留学しようと思ってるんだ！」

「アメリカに？」

突然《とつぜん》の宣言に、あたしは戸惑《とまど》った。

「もっと勉強がしたいし、何より箔《はく》を付けたいからね！　とはいえ、僕に研究者としての才能があるのか……。特別展や企画展《きかくてん》の案もボツになってばかりだから、学芸員としてのセンスがあるかどうかもあやしいな。行く行くは平凡《へいぼん》なサラリーマンに落ち着いていたりして」

百瀬さんは自虐的《じぎゃくてき》に話しながら、廊下《ろうか》の突《つ》き当たり近くのドアを開けた。

ここが百瀬さんの仕事部屋らしい。室内がうす暗いのは、縦横無尽《じゅうおうむじん》にラックが置いてあるせいだ。

近くのラックに目をやると、大小様々《さまざま》な茶色や灰色の塊《かたまり》にうっすら埃《ほこり》が積もっていた。

「くしゅん！」

「風邪《かぜ》？」

いいえ、アレルギーです。

「気にしないでください」

百瀬さんのあとにつづいて立体迷路のような空間を進んでいくと、日差しが射《さ》しこむ一画に、学校の職員室と同じそっけないデスクが置かれていた。

デスクの上にも下にも煤《すす》けた段ボールが置いてある。マジックで走り書きしてある文字はアルファベットだ。

「あの、これは?」

あたしはきいた。

「博物館に寄贈《きぞう》しようと思って個人的に輸入した、ボリビア産のノジュールだよ」

「ボリビア産の、ノジュール?」

「ボリビア」が国名だということは思い出せたものの、いくら考えても「ノジュール」はわからなかった。

そんなあたしに気づいたのか、百瀬さんが説明をはじめた。

「中学生の女の子にしてみたら、ノジュールなんてはじめてきく言葉だよな。ノジュールというのは堆積岩《たいせきがん》の中に見られる塊のこと。周囲の母岩《ぼがん》と比べて硬《かた》く成分も異なっていて、こんなふうに球状になる場合が多いんだ。そして、ノジュールの中心には化石が含《ふく》まれることがあるんだよ」

百瀬さんは段ボールから拳大《こぶしだい》の丸い塊を取りだすと、あたしに手渡《てわた》した。

「重《おも》っ」

ノジュールはずっしりしていて、冷たい。そのへんの川辺に転がっていたとしても

「ずいぶん丸っこい石があるんだな」と思うくらいで気にも留めないだろう。

この中に、ホントに化石なんか入っているのかな？

その前に、化石ってなんだっけ？

「あのー、化石って？」

さすがに気が引けたけど、肝心《かんじん》な質問はしておかないと。

百瀬さんは逆にあたしに質問した。

「もし、橋本さんがその質問を自分より年下の子にされたら、どう答える？」

「石の中に封《ふう》じ込《こ》められた動物の骨、かな？」

あたしの理科の成績は4だ。それは暗記をすればそこそこ点数が取れるからであって、テストが終わると同時にあっという間に忘れてしまう。

百瀬さんの説明によると、一見、硬《かた》そうに見える動物の骨は、実際は、とても小さな穴がたくさん空いたスポンジのようなものだという。

何かしらの理由で地中に埋《う》まった骨に、何百万年という歳月《さいげつ》をかけて、地下水によって運ばれてきた細かい砂や土の粒子《りゅうし》が入り込《こ》み、いつしか全体が岩にかわる。その岩にかわったものを「化石」と呼ぶそうだ。化石になるのは動物の骨ばかりではない。

貝や魚、植物の葉や茎《くき》、木の幹でさえ条件が揃《そろ》えば化石になるという。

「ここまでの説明はいい？」

百瀬さんに確認されて、あたしはうなずいた。

「ここからは少し難しい説明になるんだけど」と前置きして、百瀬さんは説明を再開した。

「地球を覆《おお》っている一番外側の層は主に堆積岩《たいせきがん》でできているんだ。堆積岩というのは、水や風によって運ばれてきた土や砂の粒《つぶ》が積もってできたもののことね。そして、堆積岩の中にある珪酸《けいさん》や炭酸塩《たんさんえん》が化石や砂粒を核《かく》として化学的な凝集《ぎょうしゅう》を受けて形成されたものがノジュール。だから、この中には化石が含《ふく》まれている可能性があるというわけ。どう？　今の説明でわかってくれたかな？」

「えーっと……」

あたしは頭の中で百瀬さんの説明を整理した。

まず、何かしらの理由で地中に骨が埋まる。そして、スポンジ状の骨の中に砂や土が入り込んで、何百万年という時間をかけて化石と呼ばれる岩にかわる。その岩を核として、堆積岩の中のなんとかっていう物質やなんとかっていう物質がぎゅっと化学的に固まって、ノジュールという塊《かたまり》を作る。

その塊が、今、あたしの右手にある。

「すごっ」

思わずつぶやいて視線を落とすと、ノジュールは、さっきとはまったく違《ちが》う存在になり変わったようだった。あたしの中のスカスカだった部分に知識が入り込《こ》んで、岩みたいに存在感のあるものに変わったとでもいうのか。

あらためて見ると、段ボールにはそのノジュールがゴロゴロと入っている。いったい、この中の何個くらいに化石が含《ふく》まれているのだろう？

そう思った直後、不意に多田の姿がチラついた。

今ごろはボランティア控室《ひかえしつ》で化石を探しているはずだ。

さっきまで興味なんかゼロだったのに、急に多田の成果が気になりだした。

負けていられない！

「で、これ、どうやって削《けず》るんですか？」

あたしが百瀬さんに質問したとき、またしてもジャージのポケットでスマホがふるえた。

ママだ。あたしがなかなか返事をしないから心配しているんだろう。

「電話？　そういえば、もう十二時を過ぎてるんだよな。そろそろ昼休みにしようか」

あーあ。せっかくやる気に火が付いたところだったのに。

「休憩《きゅうけい》を挟《はさ》んで一時間後にまたここに集合。午後はノジュールを開ける体験をするというのはどうかな？　ノジュールは削るんじゃなくて開けるというんだ。宝箱を開けるみたいで素敵《すてき》だろ？　化石探しは本当にわくわくするよ。是非《ぜひ》、橋本さんにも味わってもらいたいな」

「はーい」

あたしも段々、化石探しが楽しみになってきた。


昼休みをいい渡《わた》されたものの、お腹《なか》はちっとも空《す》いていなかった。それもそのはずで、あたしが午前中にやったことといったら、ボランティア控室のソファーに座って木箱の中の石を右から左へ移したくらいで、体力を使うようなことなどなにひとつやっていないのだった。

「そうだ、ママに返事しなくちゃ」

あたしはボランティア控室《ひかえしつ》へ向かう途中《とちゅう》で、ママからのメッセージをチェックした。

「アレルギーは出ていない？　具合が悪くなる前にママに連絡《れんらく》するのよ」「ヘンなものを触《さわ》ったらきちんと手を洗って除菌《じょきん》ティッシュで拭《ふ》きなさい」「危ないことをさせられそうになったらすぐに報告してね！」などなど、いかにもママらしいメッセージが届いている。

あたしは「今からお昼休憩《きゅうけい》。午後も化石。でも、ちょっと本気出す！」と、送信した。

スマホをいじっているときからいいにおいが漂《ただよ》ってくるとは思っていたものの、まさか、その出どころがボランティア控室だったなんて。

念のためノックをしてからドアを開けると、すでにソファーに多田の姿はなかった。

そのかわり、さっきまで多田が座《すわ》っていた場所に円佳《まどか》がいた。

思わず「あっ」と声をあげると、こっちをふり返った円佳も気まずそうに「あっ」

と、つぶやいた。

なんとなくギクシャクしているのは、体験先を変更《へんこう》してもらおうとママに電話をかけてもらったことが、いつの間にか円佳にばれていたからだ。だけど、円佳に怒《おこ》る権利なんてない。だって、いっしょにファミレスで働くはずが、第一希望は市役所で出したっていうんだもの。

気づまりに感じたのも束《つか》の間《ま》、あたしは円佳に話しかけていた。

「なに食べてるの？」

あたしは目をしばたかせた。

本当は質問するまでもなかった。円佳がフライドチキンを食べているのは明らかだった。

テーブルの上には、見覚えのある赤と白の紙パックが置いてある。

「フライドチキンだけど」

と、円佳。

「だよね。見ればわかる」

「恋歌《れんか》もフライドチキン好き？」

「まあ、そこそこは」

「よかったー。ほら、早くこっちに来なよ。いっしょに食べよ。っていうか、いっしょに食べてください！」

「えっ、なんで？　ねぇ、なんでお弁当にフライドチキンなんか持ってきたの？」

普通《ふつう》、校外学習に市販《しはん》のフライドチキンなんか持ってこない。お弁当にから揚《あ》げが入っていることはあっても、市販のフライドチキンを紙パックごと持ってくるなんてきいたことがない！

あたしは冷蔵庫からお弁当箱を出すと、円佳の隣《となり》に腰《こし》かけた。

あらためてテーブルに視線を向けると、フライドチキンの入った紙パックはふたつあった。どちらも大きなサイズだ。このサイズは、三人暮らしのわが家では年に一度、クリスマスにしか買う機会がない。

「いっとくけど、わたしが持ってきたわけじゃないから」

どれくらいフライドチキンを見つめていただろう、円佳の声に、あたしはハッとわれに返った。

「違《ちが》うの？」

「あたり前でしょ。普通、お弁当にフライドチキンなんて持ってこないから」

「だよね。びっくりしたぁ。ドアを開けたら円佳がフライドチキン食べてるんだもん。しかも、ひとりで！　こんなにたくさん！」

驚《おどろ》きをそのまま言葉にすると、円佳が「ぷっ」と吹《ふ》きだした。

「恋歌、めっちゃヘンな顔してた。目がまん丸になってた」

円佳は小刻みに肩《かた》を揺《ゆ》らしながら、あたしの顔を真似《まね》てみせた。

その顔があまりにも酷《ひど》いから、思わずあたしも吹きだした。

「大げさだよ！　あたしそんな顔してないよ」

「してた、してた。こんなふうに半分口を開けて、目がまん丸になってた」

「それは円佳がこんなところでフライドチキンなんか食べてるからでしょう！」

いい返したあたしに向かって、円佳がまたヘン顔攻撃《こうげき》してくる。

ひとしきり笑いあうと、すっかり気持ちが軽くなった。気まずさも消えている。

「で、これ、どうしたの？」

あたしは息を整えると、あらためてフライドチキンについてたずねた。

「わたしもよくわからないんだけど、もうじき博物館のイベントがあるんだって。そのイベントで展示するための『骨格標本』を作る手伝いをするっていうのが、今日、わたしに任されたミッションみたい」

「え、なに？　ちょっと意味がわからないんだけど」

「細かいことはいいから、とにかく恋歌もいっしょに食べて！」

「食べる。食べるけど、そもそもこのフライドチキンは誰《だれ》のものなの？　あたしが食べても平気？」

「担当の人から、お友だちと食べてくださいっていわれてるから大丈夫《だいじょうぶ》。それに、ほら、そこに骨が入ってるポリ袋《ぶくろ》があるでしょう？　それ、さっき多田が食べていったフライドチキンの残骸《ざんがい》」

円佳が指さしたほうへ目をやると、たしかに骨が入ったポリ袋が見えた。

「ここで多田といっしょになったんだ？」

「うん。本当はもっと食べたそうだったけど、タイムオーバーで出ていった。あいつ、一番乗りで休憩《きゅうけい》取ってたみたい」

フライドチキンのことで頭がいっぱいでこれまで視界に入ってこなかったのだけれど、テーブルの片すみには、さっきあたしが置いていったトレーがあった。

これといって変わった様子はないから、多田も化石は探しだせなかったのかもしれない。

「多田の本名って、多嶋《たじま》だっけ島田《しまだ》だっけ？」

思い立って円佳にたずねると、円佳は不思議そうな顔をした。

「多嶋でしょ。多嶋育実《いくみ》。どうしたの、急に」

「べつに。ちょっと気になっただけ。そんなことよりさ、ホントに食べちゃうからね、フライドチキン」

あたしはあわてて話を戻《もど》した。

「どうぞ召《め》し上がれ。いっておくけど、主役は骨だからね。噛《か》みくだかないように気をつけて。食べおわった骨はこのポリ袋に入れて、最後に口を結んで」

円佳は新しいポリ袋をくれた。

「そこの袋に捨てるからいらない」

多田が使った袋にまだ余裕《よゆう》がありそうだったから断ったのだけれど、円佳は、部位ごとに分別しなければどのパーツの骨かわからなくなるからダメだといった。

「油で揚《あ》げてある骨は脆《もろ》くなってるから、見極《みきわ》めるのが大変みたい。だけど、本当に、フライドチキンからニワトリの骨格が復元できるのかな？」

ん？

あたしはフライドチキンをまじまじと見つめた。

「もしかして、食べ残しの骨を組み立てようとしてるわけ？　プラモデルみたいに？」

「さっきからそう説明してるでしょ。博物館のイベントで、フライドチキンから復元したニワトリの骨格標本を展示するんだって。その材料を確保するために、わたしたちはこれを食べなくちゃいけないってわけ」

「えーっ！」

あたしの声がボランティア控室《ひかえしつ》に響《ひび》きわたった。

博物館の人たちって何者だろう？

少なくとも、この博物館には、段ボールふた箱分ものノジュールをボリビアから個人輸入しちゃう学芸員見習いがいて、フライドチキンの残骸《ざんがい》からニワトリの骨組みを復元させようとしている人がいる。多田が手伝っている学芸員さんだって、なんていったか名前は忘れちゃったけど、ストーカーじみた性癖《せいへき》の深海魚をもらうためにわざわざ港まで遠出したと話していた。博物館に来てからというもの、驚《おどろ》きの連続だ。

洗面所で口をゆすいで、時計を見ると、昼休みが終わるまでにまだ少し余裕《よゆう》があった。

あたしは古脊椎《こせきつい》の学芸員室へ向かってゆっくりと歩きながら、廊下《ろうか》のところどころに積み重なっている段ボールを横目でながめた。

しばらく歩いたところで、「これはゴミではありません」という張り紙がしてある段ボールを見つけた。

忠告をしなければゴミと間違《まちが》われるものとはいったい、なんだろう？　でも、勝手にのぞいたら怒《おこ》られるかもしれないしなぁ。

そんなことを考えながら箱の前に立っていると、階段のあたりで足音がした。

白衣の男の人がこっちへ歩いてくる。

その人はあたしのところまでやって来ると、「それ、なんの骨かわかりますか？」と穏《おだ》やかな声でいきなり質問した。

「これ、骨なんですか？」

驚いたあたしはきき返した。

「骨ですよ」

骨なんて滅多《めった》に目にするものじゃないのにと思った直後、さっきまで食べていたフライドチキンを思い出した。昨日の夕飯のサバの味噌煮《みそに》にも骨はあった。

恐《おそ》る恐《おそ》る段ボールを開けると、光が射《さ》しこんで、中のものが照らされた。入っていたのは、逆三角形の骨だった。お面くらいの大きさで、うっすらと茶色がかっている。逆三角形のふたつの頂点には角《つの》のようなものまで付いていて、ほぼ中央にウルトラマンの目のような穴がふたつ。先端《せんたん》付近に、小さな凹《くぼ》み。もしかして、鼻かな？

とはいえ、なんの生き物かなんて見当もつかない。

「降参《こうさん》ですか？」

白衣の人物の胸もとを確認すると、「標本士《ひょうほんし》」という名札を付けていた。

標本士？

あたしはその人の顔をまじまじと見た。

「正解は、ワニの頭がい骨です。残念ながら、下あごの部分は紛失《ふんしつ》してしまったのか見あたりませんね」

「これ、ワニなんですか？　なんか鬼《おに》みたい」

「ふふっ。昔の人もそう思ったんじゃないですか。沼地《ぬまち》に落ちていたワニやカメの頭がい骨から誕生した妖怪《ようかい》もいたかもしれませんよ」

その人は滔々《とうとう》と話すと、廊下《ろうか》をすたすたと歩いていってしまった。

また変わった人を見つけちゃった。

本当に、博物館には変わった人ばかりが集まっている。

百瀬さんの仕事場へ向かおうとしたあたしは、そこで「あっ」と声をあげた。

さっき、百瀬さんは、骨は細かな穴がたくさん空いたスポンジのようなものだといっていた。

再び段ボールをのぞき込《こ》むと、たしかに、ワニの頭がい骨にもぷつぷつと細かな気泡《きほう》のような穴がたくさん空いていた。これ以外にも、目には見えない穴もあるのだろう。

「なるほどねー。ここから砂が入って岩に変わるのか」

あたしは化石の成り立ちをイメージしながら、そっと、ワニの頭がい骨に顔を近づけた。

埃《ほこり》のような、土のような、いかにも博物館らしいにおいがする。

人差し指で触《さわ》ると、軽石みたいな感触《かんしょく》だった。

「手、洗わなくて平気かな？　除菌《じょきん》ティッシュ……大丈夫《だいじょうぶ》か。大丈夫だよね」

あたしが古脊椎《こせきつい》の学芸員室に戻《もど》ったのは約束の時間きっかりだった。

ひと声かけて入ったはいいが、なかなか目的地にたどり着けない。

「あれ？　あれれ？」

目的のデスクとは違《ちが》う場所に行き当たって戸惑《とまど》っていると、「こっち、こっち」と、百瀬さんの声がした。

あたしはいったん入口まで戻《もど》ってから、百瀬さんの声を頼《たよ》りに、なんとかゴールへたどり着いた。

百瀬さんのデスクの傍《かたわ》らには、午前中はなかった器械が用意してあった。これにノジュールを固定して開けるのだという。

「ノジュールは、箱の中からこれぞと思うものを橋本さんが選んでいいよ」

そういわれて段ボールをたしかめたものの、ノジュールはたくさんあった。

つるつるした質感のものもあれば、砂をかぶったようにざらざらしているものもある。うっすらと模様のようなものが付いているのもあれば、無地のもの、まん丸いもの、楕円《だえん》のものもある。それぞれ大きさもまちまちだ。

百瀬さんは好きなものを選んでいいといったけど、どうせ引くなら当たりを引きたい。

そのためには、なにを手掛《てが》かりに選べばいいだろう？

「ヒントをください」

「ヒント？」

「だって、どれが当たりかわからないんだもん。どういう感じのものに化石が含《ふく》まれている可能性が高いのか、ノジュールの大きさとか、見た目とか、なにかヒントがないのかなって」

百瀬さんはあごを触《さわ》って少し考えるような素振《そぶ》りをしてから、つぶやいた。

「橋本さんといるとハッとさせられるよ。自分の足りないところに光があたるとでもいうのかな」

百瀬さんのラクダのようなまなざしに胸がざわざわしはじめたのは、そのときだった。

「そうだよなぁ、来館者だって本当は博物の世界を楽しみたいんだ。だとしたら、そのための手立てがあるべきなんだ。……よし、常設展に行ってみよう！」

「常設展って、展示室のことですか？」

「そうだよ。ノジュールも展示してあるはずだから、それをヒントにしたらいいんじゃないかと思ってね。普段《ふだん》なら見落としがちなヒントも、今日は化石を探しあてるという目的があるから、いつもより熱心に観察することができるんじゃないかな。僕《ぼく》でよければ解説もするよ。どうかな？」

たしかに、博物館には答えがたくさん展示されている。

「行く。行きます！」

あたしは自分でもびっくりするくらい弾《はず》んだ声をあげていた。


バックヤードを通って、展示室まで移動する。ノジュールが展示されていたのは「化石展示室」という部屋だった。

百瀬さんが防火扉《ぼうかとびら》のようにぶ厚いドアを開けると、うす暗い空間が広がっていた。お客さんが何人かいるものの、こっちを気にする人はいない。

百瀬さんは順路の矢印を逆走するように、展示室の入口近くまで戻《もど》った。

「さあ、思う存分観察して」

ガラスケースの中に、さっき、百瀬さんの部屋で手に取ったのとそっくりのものが並んでいる。

ノジュールだ。

ぱっくりと真っ二つに開いているものもあれば、原形のまま展示してあるものもある。開いているほうのノジュールは、真ん中に三葉虫《さんようちゅう》の化石を含《ふく》んでいるものと、端《はし》っこにシダ植物の化石を含んでいるものの二種類があった。ノジュールではないけれど、そばには立派なアンモナイトの化石もある。

「実際に手に取って見てもらうのがベストなんだけど、さすがにそこまでの権限は僕にはないから」

百瀬さんがそう話した直後、館内の静寂《せいじゃく》を破るように、ジャージのポケットでスマホがふるえはじめた。

なかなかバイブが止まらないところを見ると、今回は電話らしい。かけてくる相手は……ママ以外に思い浮《う》かばなかった。

「電話、出なくて平気？　そういえば、さっきも着信があったよね？　大事な用件かもしれないよ。もしかしたら、お家《うち》の人になにかあったとか」

「うーん、たぶん大丈夫《だいじょうぶ》」

「僕のことは気にしなくていいから、ほら、早く出てあげなよ」

百瀬さんに急《せ》かされて、あたしは展示室の隅《すみ》まで駆《か》けていった。

「もしもし、恋《れん》ちゃん？　ママだけど」

思ったとおり、電話はママからだった。

「どうしたの、ママ？」

あたしはひそひそ声で応じた。

「どうしたもなにも、体の具合は大丈夫《だいじょうぶ》なの？　化石探しなんて、まさか危ないことをさせられてるんじゃないでしょうね？　金槌《かなづち》だって使い方ひとつ間違《まちが》えたら大ケガにつながるのよ。そのへんの説明はちゃんと受けたの？　ただでさえアレルギーを持っているんだから、無理することないのよ。ママが今から迎《むか》えにいってあげようか？」

「ううん、平気。今のところ喘息《ぜんそく》の発作《ほっさ》も出てないし、危ないことをさせられてるわけでもないから」

「そうはいっても、午前中は退屈《たいくつ》だったんでしょう？」

「それはまぁ、そうなんだけど……」

「午後もまた化石探しだなんて、ちょっとプログラムに工夫《くふう》がなさすぎるんじゃないかしら。せっかくの職場体験なんだから、もっと内容を考えてもらわないと。この経験をもとに進路を決める子だっているんだから、受け入れ先の責任は重大なのよ。そのへんのこと、博物館の方はわかってらっしゃるのかしら？」

だめだ。ママがこういう話し方をするようになったら、結局いつもの展開になってしまう。

「そうよ、どう考えてもおかしいわ。だいたい、アレルギー持ちの恋ちゃんがどうして博物館なのかしら。ママ、もう一度学校に電話してみるわ」

あたしは決心すると、切りだした。

「ママ、心配してくれてありがとう。だけどね、本当に本当に大丈夫だから、もうこれ以上は心配しないで。実はね、あたしけっこう楽しんでるの！」

「楽しんでるって、博物館を？」

スマホの向こうで、ママの怪訝《けげん》そうな声がした。

「博物館も、化石探しも！」

「だけど、恋ちゃんはそんなものに興味なんかなかったでしょう？　本当はファミレスでパフェを作りたかったって、このあいだも話してたじゃないの」

「この前まではそう思ってたけど、でも、今は違《ちが》うの。今は、博物館に来てよかったと思ってる。だからね、とにかく、あたしのことは心配しなくていいから！」

一気に話すと、電話の向こうが静かになった。

きっと、あたしにいい返されて面食らったに違《ちが》いない。考えてみれば、ママにいい返したのは生まれてはじめてかもしれない。

言葉を失っているママに、あたしはとどめを刺《さ》した。

「そういうことだから、そろそろ切るね。今、担当の人を待たせてるの。すっごくいい人！　今度、ママにも博物館を案内してあげる。じゃあ、そういうことだから。もう本当に電話とかしなくて平気だから！」

あたしはママの返事をきく前に通話を切った。思い切ってスマホの電源も落として、ポケットにしまう。

「ふぅ」

大きく息を吐《は》いて、吸いこむと、さっき、ワニの頭がい骨を嗅《か》いだときのようなにおいが胸を満たした。不思議と、不快な感じはしない。

その後しばらく当たりの入ったノジュールを観察して、あたしたちは百瀬さんの学芸員室に戻《もど》った。

いよいよノジュールを開けるときが来た。

ノジュールが入った段ボールからひとつ選んで、両手で握《にぎ》る。

が、急に不安に襲《おそ》われた。

「もし、これに化石が入っていたとして、開ける角度を間違《まちが》えたらどうなっちゃうんですか？」

「これは経験則の話になるんだけど、化石の入っているノジュールは比較的《ひかくてき》ぱっくりときれいに割れるものなんだ。頑丈《がんじょう》でなかなか開かないものほどハズレだったりね。とはいえ、角度を九十度間違えると胴割《どうわ》りになっちゃうわけだけど」

「胴割り？」

「化石がぶつ切り状態になることを、僕《ぼく》はそう呼んでるんだ」

あたしは、たった今選んだノジュールを段ボールに戻した。

「ちょっとタイム！」

数時間前までのあたしなら、適当に選んだノジュールを適当な角度で開けていたに違いない。そもそも当たりが入っていると思っていなかったわけだし、仮に、自分が選んだものが当たりだったとして、それが胴割りになろうが、少しくらい欠けようが、まるで心は痛まなかったはず。

　けれど、今となってはいい加減な判断は下せなかった。せっかくの宝箱がヘンな具合に開いてしまうくらいなら、いっそ外れを引いたほうがマシだとさえ思う。

　このまま永遠にノジュールは開けられないかもしれないと思いはじめたところで、百瀬さんの声がした。

「今日はありがとう」

「はい？」

「これまでの僕《ぼく》は自分の学者人生や研究成果にしか興味がなかったような気がするんだ。どうやったら研究者として成功できるか、そのためにはどうすればプラスになるか、いつだって他人と比較《ひかく》しながら、ゴールから逆算して自分の進むべき道を決めていたような気がする。だけど、今日、橋本さんといっしょにいて気づかされたんだ。魅力的《みりょくてき》だと思っているものをほかの人に伝えるための努力をしようって」

　百瀬さんは穏《おだ》やかな声でそんなふうに話しながら、箱の中のノジュールを愛《いと》おしそうに見つめた。

「博物館にも、古脊椎《こせきつい》にも、もちろん化石にも興味がなかった橋本さんが少しずつノジュールに興味を持つようになっただろ？　自分が書いた論文が認められるよりもずっとうれしかったんだ。展示室でも一生懸命《いっしょうけんめい》に観察していたよね？　橋本さんが博物の一端《いったん》に興味を持ってくれて、本当にうれしいよ。今日は、僕のほうこそ橋本さんから学ばせてもらった気がする。だから、ありがとう」

「あたしはべつに、そんな……」

そういったきり、あたしは百瀬さんを見ていられなくなった。

やだ、うそでしょ。

心臓がドキドキして、胸が苦しい。

チラッと視線を上げると、はじめて会った瞬間《しゅんかん》となんらかわらないラクダ面《づら》が目の前にあった。

たしかにまつ毛は濃《こ》いけれど、でも、それだけ。ちっともカッコよくない。全然、あたし好みじゃない。

なのに、耳の先まで熱くなってきた！

「どう？　そろそろ決められそう？」

百瀬さんにきかれて、あたしはさっき戻《もど》したノジュールをもう一度握《にぎ》りしめた。

ここは初志貫徹《しょしかんてつ》といこう。

「これにします！　でも、今開けないとダメですか？」

「というと？」

「どの角度で開けるのがベストか、もう少し勉強してから決めたいなって。あっ、でも、百瀬さんがアメリカに行くまでには決めるので」

「なるほどね。うん、わかった。そうしよう。しっかり考えて、答えが出たときにいっしょに開けよう」

「やった。ありがとうございます！」

「そのノジュールは橋本さんが持って帰っていいよ」

「いいんですか？」

「もともと自費で購入《こうにゅう》したものだから、気にする必要はないよ」

あたしはもう一度お礼をいうと、ノジュールを、おにぎりを握《にぎ》るみたいに両手で包んだ。

もしかしたら、この中に化石が入っているかもしれない。

そして、それが日の目を見るとき、あたしの隣《となり》にいるのは……。

「そうしたら、残りの時間はどう過ごそうか？　博物館をまわってみる？　僕《ぼく》なりに解説するから、わかりづらいところは遠慮《えんりょ》なく指摘《してき》してよ」

「オッケー」

うっかり、弾《はず》んだ声が出てしまった。

あたしはノジュールが転がらないように気をつけながら、百瀬さんのデスクにそっと置いた。

窓から射しこんでくる日差しを受けて、ノジュールの半分が黄色っぽく染まっている。もう半分は煤《すす》けたグレーのままだ。

この境目に沿って開けたら、どうだろう？　中からどんなものが姿を現すだろうか。

そんなことを想像しながら、あたしは百瀬さんにつづいて迷路みたいな部屋をあとにした。

骨格標本

担当 飯《いい》田《だ》円《まど》佳《か》

十二時からはじまったランチタイムのあいだ、わたしは黙々《もくもく》とフライドチキンを食べつづけた。というのも、フライドチキンの骨を使ってニワトリの骨格を復元する、その手伝いをする、というのが、今日、わたしに与《あた》えられたミッションだからだ！

フライドチキンの部位は五種類、全部で九つのパーツがある。ダブっているのは左右の脚《あし》、腰《こし》、あばら、手羽の部分で、ひとつしかないのは胸だ。

たまたま休憩室《きゅうけいしつ》でいっしょになった多田《ただ》にそのことを話すと、「さっすが番長。でも、なんでそんなこと知ってるん？」と妙《みょう》なアクセントできかれた。しかも、生意気なことに陰《かげ》でわたしを「番長」呼ばわりしているらしい。

「今、なんていった？」

少しきつめにきき返すと、多田はあたふたと「べつに、なにもいってへんけど？」と、言葉をにごした。

わたしはそれ以上は追及《ついきゅう》せずに、「標本士《ひょうほんし》の先生からおそわったの」と質問に答えてあげた。

「標本士？　なんなん、それ」

標本士。わたしも今朝、久遠《くおん》さんに紹介《しょうかい》されるまでそんな仕事があるなんて知らなかった。

久遠さんに連れていかれたのは、ボランティア控室《ひかえしつ》があるフロアーをひとつ下りた先の地下室だった。

「ここが飯田《いいだ》さんの仕事場です」

ドアに貼《は》ってあるプレートを確認すると、「大型標本作成室」となっていた。

久遠さんが重たそうなドアを開けると、海じゃないのに海のようなにおいがした。磯臭《いそくさ》さにも似たにおいに思わず息を止めると、久遠さんはそんなわたしを面白《おもしろ》そうに見ながらいった。

「ちょっとにおうかな？　でも、じきに慣れるから大丈夫《だいじょうぶ》」

久遠さんに手招きされたわたしは、得体の知れない部屋に足を踏《ふ》み入れた。

「失礼します。第一中学二年、飯田円佳《まどか》、入ります！　本日はよろしくお願いします！」

挨拶《あいさつ》は自分から。声を出すときはお腹《なか》の底から。お辞儀《じぎ》の角度をケチらない。

バスケ部の習慣で、つい大きな声を出してしまった。

お辞儀をしながらもやけに声が響《ひび》くなと思ってはいたのだけど、顔を上げた瞬間《しゅんかん》、その理由がわかった。

わたしの目に飛び込《こ》んできたのは、教室の倍はありそうな空間だった。天井《てんじょう》が高い。コンクリート打ちっぱなしで、窓はなし。今、わたしたちが入ってきたのと同じようなドアが向かい側にもある。見ようによっては給食室のように見えなくもなかった。

というのも、部屋の右奥《おく》にシンクを見つけたからだ。その上の棚《たな》には金盥《かなだらい》や寸胴鍋《ずんどうなべ》がしまってあって、床《ゆか》を這《は》うように延びているホースからはちょろちょろと水が流れている。そのわきを延びている青い管はガスのようだ。たどっていくと、床の卓上《たくじょう》コンロにぶつかった。そのわきには大きなポリバケツがふたつ。壁《かべ》に取りつけられたフックには、のこぎりのほかにも鋭《するど》いナイフや名前のわからない工具がずらりと並んでいる。そして、極《きわ》めつけに割烹着《かっぽうぎ》……ではなく、白衣姿の男の人が立っていた。

どこかで見たことがある風貌《ふうぼう》だ。誰《だれ》だっけ？

わたしの視線がその男の人で止まったところで、久遠さんが説明をはじめた。

「ここは大型標本作成室といって、博物館で展示したり収蔵したりするための標本を作る作業場です。今日、飯田さんには鈴井《すずい》さんの手伝いをしてもらいます」

「どうも、はじめまして。標本士の鈴井です」

「飯田円佳です。本日はよろしくお願いします！」

もう一度、わたしはお腹の底から声を出して深々《ふかぶか》とお辞儀をした。鈴井先生が履《は》いているゴム長靴《ながぐつ》のつま先を三秒間見て、顔を上げる。

「というわけで、鈴井さん、あとはよろしくお願いします」

そういって出ていこうとする久遠さんに、鈴井先生が声をかけた。

「久遠さんのこのあとのご予定は？」

「上で待たせている無生物の子をボランティアさんに託《たく》したら、哺乳類《ほにゅうるい》の子といっしょに実地試験に出かけます」

実地試験？

わたしが疑問に思ったことを鈴井先生がきいてくれた。

「実地試験といいますと？」

「もぐもぐ戦隊ブラウンレンジャーが任務を果たせるかどうか試してきます」

もぐもぐ戦隊……ブラウンレンジャー？

「そういえば、そんな企画《きかく》もありましたね。彼《かれ》らはもう待機しているんですか？」

「ええ、裏の駐車場《ちゅうしゃじょう》に。さっきのぞいたら、日陰《ひかげ》だから寒いのか身を寄せあって団子になっていました。なので、なにかあったら携帯《けいたい》に電話をください」

「わかりました」

久遠さんが「もぐもぐ戦隊ブラウンレンジャー」という謎《なぞ》のキーワードを残して去っていくと、地下室はしんと静まり返った。

「あっ、お手伝いします！」

わたしは、クリーム色のバットのようなものを持ちあげた鈴井先生に駆《か》け寄った。

「そんなに気を遣《つか》わなくていいですよ」

「でも」

鈴井先生はテーブルのひとつにバットを置くと、なにやら紙ペラを一枚持って、戻《もど》ってきた。

「ほねほねフェスティバル？」

わたしは渡《わた》されたチラシに大きく書かれた文字を読みあげた。

「『ほねほねフェスティバル』というのは、二年に一度、各地の博物館から有志が参加して開かれるイベントで、当日は、展示や物販《ぶっぱん》などのブースが並びます。うちの博物館もいくつか展示を考えているんですけど、その中のひとつが、今、ここに広げたフライドチキンの骨というわけです」

鈴井先生が指し示したほうへ顔を向けると、直前に運んできたバットがあった。しげしげと中をのぞくと、スーパーでみかんが入っているようなオレンジ色のネットが並んでいる。

ネットの中に入っているのは……。

「骨？」

けっこうな数の骨が入っているネットもあれば、砂利《じゃり》のような骨がほんの少ししか入っていないものもある。内容量の差が激しい。

わたしの疑問を感じとったのか、鈴井先生が口を開いた。

「みなさんご存知のフライドチキンのチェーン店は、若鶏《わかどり》を九つのパーツに分断してから揚《あ》げているようですね。部位としては五種類。脚《あし》、腰《こし》、あばら、手羽、胸です。そのうちの胸の部分だけはひとつですが、残りは左右それぞれあります。合計で九つというわけです」

突然《とつぜん》はじまった説明にきょとんとしているわたしをよそに、鈴井先生は早口でつづけた。

「今、ここには十五個×《かける》バットが二つなので、合計で三十個分のフライドチキンの骨があります。一般的《いっぱんてき》に幼体《ようたい》の骨は脆《もろ》く、部分的にはまだ軟骨《なんこつ》だったりします。しかも、某《ぼう》チェーン店は高圧力で揚げているので、欠損している部分があるとも考えられます。パーツが混同しないように、チキンひと切れにつき一枚のネットを使用しています。ここにある骨はすでにたんぱく質分解液……要は市販《しはん》の入れ歯洗浄剤《せんじょうざい》ですが、それに浸《つ》けて、おおよその肉片《にくへん》を除去したものです」

鈴井先生の怒濤《どとう》の説明に、わたしはパニックになった。

幼体？　高圧力？　たんぱく質分解液？　入れ歯洗浄剤？

ところどころで登場した単語がぐるぐると頭の中をまわっている。

いったい、わたしはここでなにをするのだろう？

不安が胸をよぎったのも束《つか》の間《ま》、鈴井先生の次のひと言に闘志《とうし》のようなものが漲《みなぎ》った。

「今日の飯田さんのミッションは、ここにある骨をきれいにすることです」

「ミッション！」

そう、わたしはミッションという言葉に反応したのだった。

わたしはメラメラとやる気が燃えるのを感じながら、鈴井先生をまっすぐに見た。

早口で、いったん話しはじめると止まらなくなるところがあるようだけど、威張《いば》ったところは見あたらない。

よしっ。

わたしは思いきって手を挙げた。

「質問があります！」

「はい、なんでしょうか？」

「骨をきれいにするといいましたが、どうやってきれいにするんですか？」

「とっても原始的ですよ。歯ブラシとピンセットを使って、関節付近に残っている分解しきれていないたんぱく質を取り除くんです」

「関節付近に残っている、分解しきれていないたんぱく質？」

「要は、食べ残した肉片《にくへん》や筋《すじ》です。骨は、プラモデルの部品のようなものだと考えてください。これを組み立ててニワトリの骨格を復元させる際に、邪魔《じゃま》になりそうな部分をきれいにすると考えれば、作業のイメージがつかみ易《やす》いんじゃないでしょうか。とはいえ、現物を見たほうが手っ取り早いかもしれませんね」

いうが早いや、鈴井先生は奥《おく》の棚《たな》からビニール袋《ぶくろ》をかぶったものを引っぱり出した。

「骨で作った……トリ？」

「ふふっ。骨で作るもなにも生物とはみんなこういう構造なんですよ」

鈴井先生がいうには、こんなふうに骨を組み立てて作った標本を「骨格標本」と呼ぶそうだ。

鈴井先生は骨をプラモデルの部品にたとえたけれど、たしかに、目の前にある骨格標本はプラモデルのように精巧《せいこう》だ。爪楊枝《つまようじ》ほどの細い骨まできちんと組み立ててある。

「これはアオバトの骨格標本ですが、今日、飯田さんに手伝ってもらうのはニワトリです」

なるほど。

ゴールが見えたわたしは大きな声で請《う》け負《お》った。

「わかりました。任せてください！」

鈴井先生は「そんなにしゃちほこばらなくていいんですよ」と笑ってから、アオバトの骨格標本をわたしの作業スペースに置いてくれた。

「あー、それから、バットの中身ですが、見た感じ左半身の骨が多そうだったので、今朝、追加でフライドチキンを買っておきました。ボランティア控室《ひかえしつ》の冷蔵庫の上に置いてあるので、あとでお友だちといっしょに食べてください」

一連の話をかいつまんでするると、多田は「すごっ！　めっちゃ楽しそうやん、その企画《きかく》」と声を弾《はず》ませた。

自分が誉《ほ》められたみたいで誇《ほこ》らしくなったわたしは、さっき「番長」と呼ばれたことは水に流してあげることにした。

「多田も食べていいよ」

フライドチキンの入った紙パックを多田のほうへ滑《すべ》らせる。

「マジで？　俺《おれ》も食べていいん？」

「鈴井先生はお友だちといっしょにっていってたからいいんじゃない？　それに、わたしひとりじゃとても食べきれない量だしね」

「やった！」

多田が選んだのは、ほかのに比べてずいぶんと四角いパーツだった。「うっめぇ！」と雄叫《おたけ》びをあげながら、むしゃむしゃとすごい勢いで食べていく。

そうこうするうちに多田のランチタイムは終わったようで、油でテカテカになった手をジャージのズボンで拭《ふ》きながら、転げるように出ていった。

わたしはふたつめのフライドチキンを吟味《ぎんみ》した。

ひとつめのチキンは細かな骨がやたらと多かったから、次は、骨が少なくて、食べやすそうなピースにしよう。

「よし、決めた」

一本の骨のまわりに肉が付いているこのピースは、わが家では双子《ふたご》の妹のケンカの種だ。ファミリーパックを買ってもひとつかふたつしか入っていないから、滅多《めった》なことではわたしの口には入らない。

わたしがフライドチキンに手を伸《の》ばしかけたそのとき、ノックの音がした。

「あっ」

入ってきたのは恋歌《れんか》だった。

恋歌とは小学生のころから友だちだ。中一のときだけクラスが違《ちが》ったけど、この四月のクラス替《が》えでまた同じクラスになった。

わたしが春休み中に買いそろえたペンケースや、色ペン、ワンポイント入りのソックス、ヘアピン、ポーチ、ハンカチ……新学期がはじまって一週間と経《た》たないうちに、どれも恋歌とおそろいか色ちがいになっていた。

だから、今回くらいは違う職場に行きたかったんだけど……。

最初のうちこそ気まずかったものの、なんだかんだとおしゃべりしているうちに楽しくなってきた。

恋歌は二ピースのフライドチキンを食べてくれた。

「ふーっ。満足、満足！　本当はもっと食べたいけど、揚《あ》げ物ばっかり食べるとニキビができちゃうからなぁ。それに、ママのお弁当も半分くらい食べておかなきゃだし」

そういいながら、恋歌は可愛《かわい》らしいナフキンに包まれたお弁当を開けはじめた。

一方のわたしはお弁当そっちのけで、なんとか三ピースを完食した。おかげですっかり胃がもたれている。

油まみれの指を丁寧《ていねい》にウェットティッシュで拭《ふ》いてから、フライドチキンの骨が入ったポリ袋《ぶくろ》の口を結んでいると、恋歌の視線を感じた。

「なに？」

「ううん、べつに」

恋歌はいったんは顔をそむけたものの、すぐにまたこっちを見た。

「どうかした？」

ひょっとして、第一希望を市役所で出したことをまだ根に持っているのだろうか？

そんなふうに思っていたから、恋歌の次の言葉に驚《おどろ》いた。

「やっぱ、円佳といっしょにいると楽しいなって」

「ん？」

「えへへ。こんなこといわれても気持ち悪いよねー。でも、なんかね、急にそう思ったの。っていうか、最近、円佳と上手《うま》くいってないような気がしてて」

「そんなことないと思うけど」

わたしが即座《そくざ》にいい返すと、すぐさま恋歌の声が返ってきた。

「うん、わかってる。円佳がいつもどおりだってことはわかってるの。これはあたしの勝手な思い込《こ》みだって。だからね、円佳は全然気にしなくていいよ！」

「……」

「とにかく、円佳といっしょにお昼ごはんが食べられてよかった。午後の作業もちょっと楽しみになってきたし、博物館サイコー！　なんちゃって」

わたしはこのときになってはじめて、第一希望は市役所と、恋歌に内緒《ないしょ》で出したことを心の中で謝った。

併《あわ》せて六ピースの骨を手に、わたしは大型標本作成室に戻《もど》った。

「お先に休憩《きゅうけい》いただきました！」

そういいながらドアを開けると、「はぁ、はぁ、それで？」と、鈴井先生が壁《かべ》の電話に向かって話していた。

鈴井先生はわたしを見ると、口パクで「おかえりなさい」といって、再び壁《かべ》へ体を向けた。

わたしは音を立てないように定位置となった席に移動した。

テーブルの上には、骨が入ったバットと、半分くらいまで水を入れた洗面器、それにゴム手袋《てぶくろ》と歯ブラシとピンセットが置いてある。

さっき鈴井先生が説明してくれたとおり、フライドチキンを食べたからといって、すぐにその骨がプラモデルのパーツとして使えるわけではない。まずは洗剤《せんざい》を入れた水に数日間浸《つ》けて、骨に染《し》み込《こ》んでいる油を抜《ぬ》く。その後、軽くゆすいで、今度はたんぱく質分解液に浸ける。こうして、関節付近に残っている筋《すじ》や軟骨《なんこつ》、食べ残した肉《にく》片《へん》をある程度溶《と》かすのだ。それでも溶けきらなかったものを、こうして手作業で除去するというわけだ。

鈴井先生から託《たく》されたバットふたつぶんの骨は、午前中の二時間ではとても処理し切れなかった。まだ半分以上も残っている。ここにある骨をすべてきれいにするには、今日一日たっぷりと時間がかかりそうだ。もしかすると、それでも終わらないかもしれない。

よしっ！

気合を入れて午後のミッションに取り掛《か》かるとしよう。

わたしは決意を新たに歯ブラシを持った。

心臓がスタッカートを打ったようになったのは、そのときだ。

「なるほど、状況《じょうきょう》はだいたいわかりました。それで、山中から見つかったというその骨は、具体的にはどういう特徴《とくちょう》があるんでしょうか？」

山中から見つかった骨？

今、山中から骨が見つかったっていった？

びっくりしてふり返ると、あい変わらず鈴井先生は電話対応中だった。

「そうですか。その特徴だと、おそらくは大腿骨《だいたいこつ》で間違《まちが》いないと思います」

大腿骨……。

「ええ、おそらく哺《ほ》乳類《にゅうるい》でしょうね。ただ、この電話だけで判断することはできません。ええ、もちろん構いませんよ。一時間後ですね？　わかりました。私は鈴井といいます」

鈴井先生は受話器を置くと、何食わぬ顔でこっちへ歩いてきた。

「フライドチキンの骨、だいぶきれいになりましたね。作業が完了《かんりょう》したぶんは、さっき外に出しておきました。乾燥《かんそう》させて使います」

「え？　ああ、そうなんですか」

わたしはあたふたと返事をした。

鈴井先生は白衣のボタンに手を伸《の》ばすと、「これから警察が来るそうなので、このへんで腹ごしらえしてきます」といった。

「警察が来るんですか？」

「はい」

「今から？　ここに？」

「そのようですね。ところで、フライドチキンはまだ残っていますか？」

「あっ、はい、ごちそうさまでした。友だちといっしょに六ピース食べました。これがその骨です」

「わかりました。あとで薬液に浸《つ》けるとしましょう」

「残りは冷蔵庫の上に……」

「了解《りょうかい》です」

何事もなかったかのようにドアへ向かって歩きはじめた鈴井先生の背中に、わたしは勇気を出して声をかけた。

「鈴井先生！」

「はい、なんでしょう？」

「あの、さっき、警察が来るって」

「ああ、たまにあるんですよ。山中から見つかった骨が動物のものか判断してほしいという依頼《いらい》が」

鈴井先生の落ち着いたものいいとは裏腹に、「山中から骨が見つかる」というシチュエーションにわたしの心臓はドキドキした。まるでドラマかニュースのワンシーンだ。

「山の中から骨が見つかるんですか？」

「もちろんです。ビルのあいだと山の中だったら、圧倒的《あっとうてき》に後者のほうが多いんじゃないですか。地球に住んでいるのはヒトだけではありませんからね」

「はぁ」

「ということで、休憩《きゅうけい》してきます。特になにもないとは思いますが、なにかあったら内線でボランティア控室《ひかえしつ》に電話をください。短縮の3番です」

そういい残して鈴井先生が出ていくと、わたしは大型標本作成室にひとりきりになってしまった。

突如《とつじょ》として、ホースから流れている水の音が大きくなった気がした。

段々と、それさえもなにか命あるもののように感じられはじめたとき、わたしの心臓はどっくんどっくんと脈を打っていた。

わたしはいつ、死ぬんだろう？　どこで？

これまで考えたこともなかったけれど、わたしだって、いつか、どこかで、死ぬのだ。

「やばっ！」

わたしは叫《さけ》ぶと同時に椅子《いす》から立ちあがった。その衝撃《しょうげき》で、テーブルに置いてあったアオバトの骨格標本がぐらりと揺《ゆ》れた。

博物館では、死んだ動物ばかりがスポットライトを浴びて展示され、大切に保管されている。この部屋だって「大型標本作成室」なんて呼んではいるけれど、要は、死んだ動物の後始末をする場所じゃないか。現に、わたしのまわりにはフライドチキンとアオバトの骨しかない！

わたしは恐《おそ》る恐《おそ》るアオバトの骨格標本を見た。それから、バットの骨を見下ろす。

「やだやだやだやだっ」

さっきまでフライドチキンの骨だと思っていたこれは、本当はフライドチキンの骨なんかじゃなくて、ニワトリの骨だ！

周囲を見まわすと、名前も知らない工具や刃物《はもの》が不気味な光を放っている。

「どうしよう……」

鈴井先生が戻《もど》ってくるまでどこかへ避難《ひなん》していようか。上のフロアーには古脊椎《こせきつい》と魚類の学芸員室がある。適当な理由をつけて、少しのあいだ恋歌や多田といっしょにいても、鈴井先生が怒《おこ》るとは思えなかった。

と、「ガチャッ」と音がした。

すぅっと、どこからともなく生ぬるい風が流れ込《こ》んでくる。

「ひぃっ」

恐る恐る風のほうをふり返ると、入口とは反対側のドアが開きかけていた。

徐々《じょじょ》にドアの隙間《すきま》が広くなっていって、その向こうに、見覚えのある顔がのぞく。

「ちょっと！　びっくりさせないでよね、もうっ」

まさかの「黒《くろ》ヘル」登場だ。

わたしが抗議《こうぎ》すると、黒ヘルは「ごめんなさい」と消え入りそうな声でつぶやいた。

黒ヘルこと肥後知恵《ひごちえ》は、声も体も小さくて、なにをやってももたもたしている。あだ名の由来にもなった髪型《かみがた》は地味で、ダサい。当然、友だちはゼロ。教室ではいつもひとりでいる。

思わずにらみ付けると、黒ヘルはドアの向こうへ引き返そうとした。

「ちょっ、ちょっと。入るなら入りなよ」

ここにひとりでいるよりはマシだと思ったから声をかけたのだが、返事はない。

ああ、もう！

わたしは黒ヘルを前にすると苛立《いらだ》つ。怒《おこ》っていたわけじゃないのに声は尖《とが》って、いつしか眉間《みけん》にしわが寄っている。

それもこれも、黒ヘルが態度をはっきりさせないからだ。うじうじしているような、おどおどしているような、もじもじしているような、それでいてどこか堂々としているようにも見える態度で、ぼそぼそと自分にしかきこえない声で話すところがまた気に食わない。

しばらくすると、カメのような歩みで黒ヘルが部屋に入ってきた。

もっさりしすぎだってば！

驚《おどろ》いたことに、黒ヘルはお昼を外で食べるという。

大型標本作成室にとり残されるのが恐《おそ》ろしくなったわたしは、お弁当を取りに行くという黒ヘルといっしょにボランティア控室《ひかえしつ》までついて行くことにした。

「そういえば、分担なんだっけ？」

わたしがそう質問してから、黒ヘルが「哺《ほ》乳《にゅう》……類《るい》」と答えるまでに、階段十段ぶんの時間がかかった。

「お昼、どうして外で食べるの？」

黒ヘルはまた十段ぶんくらいの時間をかけて、その理由をジョソウサギョーがどうしたこうしたと答えたけれど、それがなにを意味しているのかさっぱりわからなかった。

ボランティア控室の前まで来ると、話し声がきこえた。

誰《だれ》だろう？　黒ヘルといっしょに行動しているところを見られたら堪《たま》らない。

そう思ったわたしは、廊下《ろうか》で待つことにした。が、ボランティア控室《ひかえしつ》に入ったきり、黒ヘルがなかなか戻《もど》ってこない。

ったく、どんくさいんだから！

結局、黒ヘルが出てきたのは五分か十分くらい経《た》ったころだった。

「遅《おそ》いよ！」

「あ、ごめ……」

「なにしてたの？　もしかして、フライドチキンでも食べてた？」

「フライドチキンならもら……」

黒ヘルはごにょごにょと話したけれど、わたしは途中《とちゅう》で耳を傾《かたむ》けるのが面倒《めんどう》くさくなって歩きだした。

会話もないまま大型標本作成室に戻ってきたものの、黒ヘルはドアの向こうで立ち止まったままなかなか入ってこない。

もうっ、今度はなに？

イラつきながら様子をうかがうと、黒ヘルはまじまじとドアのプレートをながめていた。

「ここは大型標本作成室といって、博物館で展示したり保管したりするための標本を作る部屋だって」

仕方なく、わたしはおしえてあげた。

「飯田さんはここで、なにを、手伝ってる、の？」

黒ヘルに「飯田さん」と名前で呼ばれて、驚《おどろ》いた。四月からの半年間同じクラスにいるけれど、こんなふうに話したこと自体がはじめてだ。

黒ヘルのジャージが汚《よご》れていることに気づいたのは、そのときだった。雨上がりの校庭で転んだみたいに、下半身が泥《どろ》だらけだ。

「ジャージ汚れてるけど？」

さっきの質問はほったらかしにしてそうきくと、黒ヘルは落ち着きなく視線をあちこちへ漂《ただよ》わせてから、ぽつりぽつりと話しはじめた。

「哺乳類《ほにゅうるい》の……けど……車で行った空き地……ジョソウサギョウを手伝……」

声が小さいからきき取るのもひと苦労だ。

わたしの頭の中で「ジョソウサギョウ」が「除草作業」に変換《へんかん》されるまでにだいぶ

時間が必要だった。そして、変換されてもなお「哺乳類」と「除草作業」が結びつかない。

「ん、どういうこと？　っていうか、とりあえず着替《きが》えたら？」

「着替え……いから」

「貸してあげようか？」

さっき名前で呼ばれたことに気をよくしたつもりはないのだけれど……もしかすると、そうなのかもしれない。

「運動部の習慣でいつも余分に持ち歩いてるから」

「でも……また汚《よご》れちゃうかも」

「哺乳類ってそんなにハードなの？」

「ハードっていうか……」

「え、なに？　きこえない。とにかく、ジャージ取ってくるからここで待ってて」

黒ヘルを大型標本作成室に残して、わたしはボランティア控室《ひかえしつ》に走った。

「失礼します！」

ひと声かけて中に入ると、白衣を脱《ぬ》いだ鈴井先生がおじいさんやおばさんたちと談笑しながらフライドチキンを食べていた。その中には、うちのクラスの博士《はかせ》の姿もあった。

「あれ、飯田さん」

「なにかトラブルですか？」

声をかけてきた博士と鈴井先生に「ちょっと忘れ物をしちゃって」と誤魔化《ごまか》しながら、ロッカーに入れておいたスポーツバッグからジャージを引っぱりだす。

「あっ」

「なにか？」

「いえ」

薄々《うすうす》どこかで見たことがある顔だとは思っていたけれど、そうか、鈴井先生は博士と似ているのだ。

「失礼しました！」

挨拶《あいさつ》だけして、ダッシュで再び地下室に戻《もど》る。

大型標本作成室では、黒ヘルがきょろきょろとあたりを見まわしていた。

「はい、ジャージ。見張ってるからそのへんで着替えちゃいな」

わたしはジャージを渡《わた》すと、黒ヘルを部屋の隅《すみ》で着替《きが》えさせた。

「あの、ありがとう」

小さな声にふり向くと、わたしのジャージを着た黒ヘルが所在なげに立っていた。

「また汚《よご》しちゃうかもしれない、けど」

「そのときはそのときでしょ」

そう答えると、黒ヘルが少しばかりうれしそうな顔をした。

「あの、飯田さんの仕事は？」

「わたしは鳥類」

そう答えてから、さっきの黒ヘルの質問にまだ答えていなかったことを思い出した。

正直なところ、黒ヘルにはイライラする。なのに、なぜだろう、「飯田さん」と名前で呼ばれると無視するわけにもいかないような気持ちになるから不思議だ。しかも、今、黒ヘルが着ているのはわたしのジャージで、そこには「飯田」と名前が入っている。

ただそれだけのことなのに、自分の一部が黒ヘルに組み込《こ》まれたような、わたしの一部に黒ヘルが含《ふく》まれたような不思議な気持ちになった。

わたしはため息を飲みこむと、仕方なく、さっき多田や恋歌にしたのと同じような説明をしてあげた。

わたしの説明をきき終えると、黒ヘルは意外なほどはっきりした口調でこういった。

「骨を組み立ててニワトリの骨格を復元するなんて、面白《おもしろ》そう」

そして、わたしの作業テーブルまで来ると、バットに並べてあった骨の入ったネットのひとつを大事そうに捧《ささ》げ持ったのだった。

「気持ち悪いでしょ」

わたしがそういうと、黒ヘルは小さく首をひねった。

わたしだって、最初はフライドチキンの残骸《ざんがい》程度にしか思っていなかった。けれど、かつてはこの骨にも筋肉が付いていて、その骨と筋肉と臓器によって「ニワトリ」という生物が形成されていたのだと想像するや、途端《とたん》に気味が悪くなったのだった。

今、自分はたくさんの死んでしまったニワトリの断片《だんぺん》といっしょにいる。

そんなふうに思うと、気持ちはますます落ち着かなくなっていった。

わたしは、さっき、ひとりで過ごしていた際に感じたことを全部、ぶちまけてしまいたい衝動《しょうどう》に駆《か》られた。

「わたしも最初はなんとも思わなかったんだけど……途中《とちゅう》から色々考えるようになっ

ちゃって。今はこの骨が気持ち悪いんだよね」

結局、ぶちまけるというよりは、ぽつりぽつりとつぶやくのが精いっぱいだった。

「私は、気持ち悪くないかも」

「えっ？」

「だって、私にも、あるもの。たぶん、飯田さんにも」

「たぶんってどういう意味よ？　わたしの中にだってあるよ。そんなのあたり前でしょ」

ついつい責めるような口調になってしまった。

その勢いで、わたしは今日任されている仕事や鈴井先生の話もした。

「あっ、そろそろ行かなくちゃ。駐車場《ちゅうしゃじょう》で久遠さんが待っているの」

「お弁当、どこで食べるの？」

「耕作放棄地《こうさくほうきち》」

「ん？」

「こ、う、さ、く、ほ、う、き、ち。飯田さん、ジャージありがとう。これ、洗って返します」

「あ、うん」

駐車場へつづくドアが閉まると、黒ヘルの気配は消え失《う》せた。

大型標本作成室にはわたしひとりがいるだけだ。

けれど、不思議なことに、さっきまで感じていた気味の悪さや恐怖心《きょうふしん》は薄《うす》れていた。


それから程なくして、鈴井先生が戻《もど》ってきた。

「なにか変わったことはありましたか?」

「いえ。ちょうどバットひとつぶんの骨掃除《そうじ》が終わったところです」

「いいペースですね。今日の仕事、飯田さんで適任だったかもしれません」

鈴井先生は白衣に袖《そで》を通しながらそういうと、刃物《はもの》を研《と》ぎはじめた。

わたしは念入りに歯ブラシを動かした。

アオバトの骨格標本を見てもわかることだけど、ひと言で「骨」といっても様々《さまざま》な形がある。形だけではない。長さも、大きさも、厚みも、部位によってそれぞれだ。

バットの中には、名前もわからない骨が無数にある。いったい、何羽ぶんのニワトリが混ざっているのだろう? それらの骨をかき集めてニワトリの骨格を復元するなんてことが、本当にできるのだろうか。

鈴井先生にならできるのかもしれない。

「鈴井先生は、いつもここでどんな仕事をしてるんですか?」

わたしが質問したのとドアが開いたのは同時だった。

職員証を首から提《さ》げたお姉さんがドアの隙間《すきま》からのぞいている。そのうしろに、ガッチリとした体格のパンチパーマのおじさんが見えた。

「鈴井さん、警察の方をお連れしました」

「先ほどはお電話で失礼しました。わたくしK県警の平岩《ひらいわ》と申します」

「はじめまして、標本士の鈴井です」

その人はテレビドラマのようにまずは警察手帳を見せてから、「入っても?」ときいた。

「どうぞ」

わたしと目が合うや、警察官の目が丸くなった。

それに気づいた鈴井先生が「今日は地元の中学生が職場体験をしているんです」と紹介《しょうかい》してくれる。

「こんにちは。飯田です！」

わたしは反射的に立ちあがると、大きな声で名乗った。

「きちんと挨拶《あいさつ》ができて偉《えら》いね。僕《ぼく》はK県警の平岩です。ごめんなさいね、貴重な時間にお邪魔《じゃま》しちゃって」

警察官と鈴井先生はわたしに背を向ける格好で、少し離《はな》れたところで立ち話をはじめた。資料を見ているようだ。「ヒト」「タヌキ」「幼体」「事件性」などなど、ドキッとするようなキーワードが耳に飛び込《こ》んでくる。

ネットひとつぶんの骨掃除《そうじ》が終わったとき、警察官がわたしに近づいてきた。

「あなたはなにを手伝っているのかな？」

「フライドチキンの骨をきれいにしています」

「フライドチキン？　ということは、そこにあるそれはニワトリの骨？　鈴井さん、ちょっとお話をうかがっても？」

警察官に呼ばれて、ひょこひょこと鈴井先生がやって来た。

「なにか気になることでもありましたか？」

「いやね、ニワトリの骨もタヌキの幼体の骨も見た感じそう変わらないなと思いましてね。たとえば、ニワトリの大腿骨《だいたいこつ》っていうと、この中のどれがそれにあたるんですか？」

鈴井先生はわたしがきれいにした骨の中から、迷うことなくひとつの骨をつまみ上げた。

「これが左大腿骨ですね。で、ここにあるこれが右」

今度は、最初のものとよく似た形の骨を一本つまむ。

「さすが見極《みきわ》めが早いですね！　失礼ですが、右半身か左半身か見分けるポイントは？　僕《ぼく》には同じにしか見えませんが」

「経験則です。もちろん、角度から数学的に割り出すことも可能ですよ。だけど、いちいちそんなことをやっていたら時間がいくらあっても足りません」

「やっぱり鈴井さんも現場の人だな。いやね、うちもそんな感じですよ。科捜研《かそうけん》は数値に裏打ちされたデータをきちんと出しますけど、現場にいる刑事《けいじ》の直観もバカにできません」

そこで、わたしは口を挟《はさ》んだ。

「あの、ニワトリとタヌキの骨ってそんなに似てるんですか？」

「似てますよ。ついでにいうと、人間の骨だって大差ありません」

鈴井先生が断言する。

「こんなに違《ちが》うのに？」

わたしは両手を広げた。

わたしには翼《つばさ》がない。羽もないし、くちばしもない。わたしは空を飛べない。

「たしかに、ニワトリにあってヒトにはない骨もありますが、もとをたどればルーツは同じです」

それを機に、鈴井先生は、理科の授業でも習った「進化」について話してくれた。

魚類から鳥類や哺《ほ》乳《にゅうるい》類は進化を遂《と》げたという、あれだ。

「手放すことは簡単でも、新規獲得《かくとく》することはとても難しいようです。解剖《かいぼう》をすると、トリも獣《けもの》も、もちろんヒトも、魚類から受け継《つ》いだパーツを上手に活用していることがわかります」

鈴井さんの話に、警察官《けいさつかん》は感慨深《かんがいぶか》げにうなずいた。

「おっと、僕はこのへんで失礼しなくちゃいけないな。いずれにせよ、事件性がなさそうでよかった。本日はお手数おかけしました。またご助言をお願いするかもしれませんが」

「構いませんよ」

「助かります。こんな経験は滅多《めった》にできるものじゃないんだから、あなたはしっかり勉強していきなさいよ。それじゃ、これにて失礼っ」

警察官《けいさつかん》は最後に敬礼すると、大型標本作成室を出ていった。

わたしが再び歯ブラシを動かしはじめたところで、鈴井先生から質問が飛んできた。

「そういえば、さっき、なにかいいかけませんでしたか？」

「さっき？」

「平岩さんが来る直前に、質問されたような気がするんですけど」

わたしは記憶《きおく》をさかのぼらせた。

「あっ。さっききこうとしたのは、鈴井先生はいつもどんな仕事をしているのかなって。死んだ動物とばかり関わっていて辛《つら》くないのかなって」

「私は標本士なので、主な仕事は標本の作製です。たまに、近隣《きんりん》の小中学校で特別授業を行う際に使うちょっとした小道具なんかを作ることもありますが」

「標本って、昆虫《こんちゅう》をピンで刺《さ》して透明《とうめい》なケースに収めてあるあれですか？」

頭に浮《う》かんだものを口に出したのだけど、当然、それだけではなかったようだ。

鈴井先生はおしえてくれた。

「ひと言で標本といっても、展示用か、研究用か、保管用か、用途《ようと》によって様々《さまざま》なものがあります。検体《けんたい》の状態によっても手法をかえますし、生物によっても向き不向きがあります。たとえば、魚類や両生類は表皮の性質上、『剥製《はくせい》標本』に加工するのが難しいわけですが、一方で、動物園などから届いためずらしい動物はお客さんにも見てもらいたいので、剥製標本か『骨格標本』にして展示することを目指します。検体の状態が悪かったり、最初から研究用とわかったりしていれば、『仮剥製』や『晒《さら》し骨格』、『なめし皮』や『液浸《えきしん》標本』などに加工します。こちらはコンパクトなので大量に保管できるんです」

「そんなに色々保管しなくちゃいけないんですか？　見本がひとつあればいいような気がするんですけど」

てっきり「ノアの方舟《はこぶね》」のように、各動物につき一種類ずつ標本があれば十分だと思っていたのだけれど、鈴井先生はその必要性を、それぞれの標本のプラス面とマイナス面とを絡《から》めながらおしえてくれた。

「剥製《はくせい》標本の場合、その動物のおおよその姿や大きさを知るには最適です。一方で、生前の姿そのものを忠実に再現しているわけではないんです。これがどういうことかというと、博物館でイノシシの剥製を作る場合、イノシシの平均というものを強く意識して仕上げます。裏を返すと、生前にはあった個性というものを無視するわけです。けれど、飯田さんもご存知のとおり、この世に生きているわれわれは、みんながそれぞれに個性を持っていますよね？　中学校のクラスをぐるりと見わたして、十四歳《さい》のヒトのオス・メスとして平均的な人物をひとりずつ挙げよといわれたら、とっさに答えられますか？」

鈴井先生にきかれて、まっ先にわたしが思い浮《う》かべたのは本日のメンバーだった。恋歌に博士、多田、黒ヘル……。それから、第一中の二年三組のみんな、二学年全員、近隣《きんりん》の中学二年生……他県の……全国の……外国の……地球上に存在している、十四歳のわたしたち。

想像しているあいだも鈴井先生の話はつづく。

「イノシシとひと括《くく》りでいっても、大きかったり小さかったり、がっちりしていたり痩《や》せていたり、毛の色が濃《こ》かったり薄《うす》かったりと、この世には実に様々《さまざま》な特徴《とくちょう》を備えたイノシシが生息しています。そういった事実を余すことなく後世の人たちに伝えるためには、剥製にして平均を提示するだけでなく、一体でも多くのイノシシの骨や牙《きば》や毛皮や歯を蒐集《しゅうしゅう》して、個体差も同時に伝えつづける必要があるんです。ただし、蒐集したものすべてを展示していたらいくつ博物館があっても足りませんからね。検体の種類や状態や目的によって保存方法をかえるというのは、そういう理由があってのことです。ああ、それから、死んだ動物とばかり関わっていて辛《つら》くないかという質問がありましたけど、まったく辛くなんてありませんよ。標本士とは、検体を後世に遺《のこ》すための価値ある仕事だと思っています」

「はい」

ひさしぶりに発したその声は、なんだか自分の声じゃないみたいに強張《こわば》って、ふるえていた。

鈴井先生が「ふふっ」と笑う。

「そんなに肩肘《かたひじ》張らなくてもいいんですよ。まぁ、それも飯田さんの個性だといわれたらそれまでですが」

「………」

「そうこうしているうちに、残り時間も半分となりました。引きつづき集中して作業に取り組みましょう」

「はい！」

ブラウンレンジャー

担当　肥後《ひご》知恵《ちえ》

「今日一日、あなたを『もぐもぐ戦隊ブラウンレンジャー』の司令官に任命します！」

「………」

博物館の廊下《ろうか》に久遠《くおん》さんの声が大きく響《ひび》いた直後、私の頭は真っ白になった。

「じゃーん！　これをどうぞ」

久遠さんは硬直《こうちょく》している私の腕《うで》をつかむと、布きれを二の腕に通して、安全ピンで留めてくれた。「県立博物館　ＳＴＡＦＦ」と書いてある。

「あのぉ」

そこでようやく私は声を出した。

「どうかしましたか？」

「えっと、あの、これ……」

「腕章《わんしょう》です」

「はぁ」

それくらい、私だってわかっているんだけどな……。

私がききたかったのはそういうことじゃなくて、どうして私の腕《うで》に腕章なんか着けたのかということ。それに、久遠さんの口から飛びだしたなんとかレンジャーとかいうものについても詳《くわ》しくおしえてほしかった。

だけど、思うように声は出ない。

まごまごしているうちに不自然な間ができて、いつもどおり、異議も異存も質問もないような状態に落ち着いてしまった。

久遠さんは唇《くちびる》の端《はし》を少し上げてほほ笑《え》むと、「そうしたら、わたしは裏に止めてあるトラックをとってきます。肥後《ひご》さんは博物館の正面玄関《げんかん》で待っていてくださいね」と話を切りあげて、早足でどこかへ行ってしまった。

バカバカ、私のバカ！

いいたいこと、質問したいことはあっても、相手の顔色やその場の空気をうかがうあまり言葉が出てこない。こんなことをきいたら困らせるかもしれないとか、そもそも私から質問なんかされたくないんじゃ……なんて考えているうちに時間が過ぎて、今さらどんな質問もできない状態になっている。

「はぁー」

誰《だれ》もいない廊下《ろうか》に、ため息がこだました。

久遠さんにいわれたとおり正面玄関で待っていると、クラクションがきこえて、泥《どろ》で汚《よご》れた中型トラックが横付けされた。

ウィーンと開いた運転席の窓から、久遠さんが「お待たせしました。さあ、乗って」と声を投げてくる。

こくんとうなずいて、トラックをぐるりとまわり込《こ》むようにして助手席へ向かおうとすると、耳もとで「きゅるるる、るるっ」と妙《みょう》な音がした。

びっくりして荷台を見上げると、大きなケージがあった。中に、なにやら薄茶色《うすちゃいろ》の動物が入っている。
一、二、三、四頭もいる。
愛想のいいイノシシみたいな風貌《ふうぼう》の、この動物がのどを鳴らしているらしい。

と、その中の一頭と目が合った。

なぜかその子だけ、仲間から離《はな》れた場所にいる。

私は助手席に乗りこんだ。

外だけでなく中もかなり汚《よご》れている。干し草みたいなものや泥《どろ》があちこちに付いていた。

私がドアを閉めたのを見届けると、久遠さんはゆっくりとアクセルを踏《ふ》み込《こ》んだ。

「シートベルトお願いね」

私の返事が小さかったせいか、直後にもう一度「シートベルトしてくださいね」と念を押《お》されてしまった。

「はい」

ところで久遠さん、あの動物はなんですか？

あの動物と今日の私の仕事は関係あるのでしょうか？

そもそも、これから私はどこへ行って、なにを手伝うんですか？

車に乗れば説明してくれるかもしれないと期待していたのに、隣《となり》からは機嫌《きげん》のよさそうなハミングがきこえてくるばかりで、なんの説明もない。

私から質問したほうがいいのかな。もしかしたら、久遠さんは私が質問するのを待っているのかもしれない。

「………」

そう思ったものの、やっぱり声は出なかった。

私は込《こ》みあげてきた無力感を飲みこむと、窓の外へ顔を向けた。

過ぎていく景色の中に緑が増えていき、いつしか視線の向こうに山裾《やますそ》が広がっている。

「到着《とうちゃく》です。お疲《つか》れさまでした」

そんなふうにいいながら久遠さんがトラックを止めたのは、草の生《お》い茂《しげ》る原っぱだった。もう一台クリームソーダみたいな色の軽自動車が止まっているだけで、近くにはこれといって建物がない。

久遠さんが車を降りたので、私もあわてて外に出た。

やっぱり、目の前に広がっているのは草ぼうぼうの荒《あ》れ地だ。ところどころ田畑もあるようで、パッチワークみたいな緑と茶色の大地が広がっている。

山とは反対側に視線を移すと、遠くのほうに民家の屋根が数軒《すうけん》と、大きめの赤い屋根の建物が見えた。

「久遠さーん」

軽自動車のわきで女の人が手をふっている。

「異常はありませんか?」

「特にご報告することはありませーん」

朗《ほが》らかに答えながらこっちへやって来たのは、首からカメラを提《さ》げた女の人だ。紺《こん》色《いろ》のカーディガンを着て、花柄《はながら》のゴム長靴《ながぐつ》を履《は》いている。

「紹介《しょうかい》しますね、彼女《かのじょ》は企画普及課《きかくふきゅう》の職員で、岡本《おかもと》さんです。今日は、博物館の広報誌に載《の》せるための写真なんかを撮《と》ってもらう予定です。こちらは、今朝話した職場体験の中学生で、肥後さんです」

「こんにちは、岡本ですぅ。今日はよろしくお願いしまーす」

「よろし、お願……ま……」

「よっこらしょ」

久遠さんはトラックの後輪に足をかけて荷台に飛び乗ると、ケージに近づいた。

「はいはい、いい子いい子。すぐご飯にしてあげるから、もう少しだけ待っていてちょうだいね」

久遠さんは「きゅるるる、るるっ」と鳴いている愛想のいいイノシシのような動物に声をかけると、荷台に積んであった板を地上の岡本さんに渡《わた》した。

即席《そくせき》のスロープを作っているようだ。

私もなにか手伝ったほうがいいかな？

ただし、それを言葉にするのはハードルが高かった。

頭の中でごちゃごちゃと考えているうちに作業は終了《しゅうりょう》したようで、「お名前きいてもいいかなぁ？」と、気づけば岡本さんがすぐ横で首を傾《かし》げている。

「……肥後」

「肥後なにさん？　何年生？　うちの博物館ね、月一で博物館誌を発行してるんだ。まだ記事になるかどうかわからないけど、念のため肥後さんにもインタビュー。えへへっ」

岡本さんはメモ帳のようなものを取りだした。

「知恵《ちえ》。中二……」

「肥後知恵さん、中学二年生ね。ちなみに、特技や得意分野はあるの？　博物館で職場体験をするってことは、やっぱり生き物に興味があるのかしら？　あっ、それと、もし、うちの博物館にちなんだ思い出があるならおしえてほしいんだけど、どうかなぁ？」

屈託《くったく》のない笑顔《えがお》で色々きかれても、私の頭はフリーズするばかりだった。

だいたい、まともに人と話せない私に特技なんてあるわけがない。半年前に引っ越《こ》してきたばかりだから、思い出もない。

私がまごついているうちに愛想《あいそ》を尽《つ》かせたのか、岡本さんは久遠さんのほうへ行ってしまった。

「なにかお手伝いしましょうか？」

あ。私がききたかったこと、すんなりきいている。

見ると、ケージに入った久遠さんは慣れた手つきで薄茶色《うすちゃいろ》の動物にハーネスを装着していた。

のっそりとした足どりで久遠さんのもとから逃《に》げだした一頭と、またしても私は目が合った。

「きゅるるる」

わっ、すごい。立ちあがった。二本足で立てるんだ。

その子はケージの片すみで器用に立ちあがると、顔の半分くらいを占《し》めていそうな大きな鼻を鉄格子《てつごうし》にこすり付けるようにして私を見た。

目はアイラインでも引いたみたいにぱっちりしていて、まつ毛が長い。手足は手袋《てぶくろ》とフィンを着けているみたいに、その部分だけ毛がなくて、黒い地肌《じはだ》はすべすべしている。

その子の頬《ほほ》と右肩《みぎかた》のあたりにざっくりとした切り傷のようなものが見えた瞬間《しゅんかん》、私の背筋は冷たくなった。

「あの」

気づいたときには、久遠さんに声をかけていた。

「なに？　特技を思い出したの？」

勘《かん》ちがいした岡本さんが首を伸《の》ばしてくる。

「いえ、そうじゃなくて。あの、この子……」

仲間から苛《いじ》められてるんですか？　とつづけたかった質問を寸前で飲みこんだのは、なんだか自分のことをきくようで惨《みじ》めな気持ちになりそうだったからだ。

私は「なんていう動物ですか？」と質問をかえた。

「カピバラといってね、南米大陸に生息する世界最大のネズミの仲間なんだって」

おしえてくれたのは、岡本さんだった。

カピバラ？　カピバラって、半目で温泉に浸《つ》かっているあの動物かな？

何度かテレビで見たことはあったけれど、間近で見るのははじめてだ。まさか、こんなに大きいなんて。

最後の一頭にハーネスを装着すると、久遠さんがさらに説明してくれた。

「カピバラは草食で、特にイネ科の植物を好んで食べます。一説には、現地の言葉で『細い草を食べる者』がスペイン語に転訛《てんか》してカピバラと呼ばれるようになったとか、

『草原の主』という言葉に由来しているとか」

久遠さんの説明によると、カピバラはカバと同じ半水生動物なので本来は水辺にいるそうだ。だけど、今日はこの耕作放棄地《こうさくほうきち》で活躍《かつやく》してもらうという。

というのも、近年、イノシシが里山に出没《しゅつぼつ》する回数が増えているそうだ。里に下りてきたイノシシは農作物を食べてしまう。イノシシの隠《かく》れ場所である草むらが減れば田畑を荒《あ》らされることも減るのではないか。

そこで、自治体と博物館がタッグを組んで、草食動物であるカピバラを放牧してみることにしたのだという。

「カピバラが活躍してくれれば、機械も人の手も使わずに雑草の始末ができるでしょう？　お金がかからないうえに、二酸化炭素も抑《おさ》えられる。一石二鳥というわけです」

と、久遠さん。

とはいえ、一般《いっぱん》的に、除草に駆《か》り出される動物はヤギなのだという。

「はたしてカピバラがどこまでの活躍《かつやく》を見せてくれるのか、今日は、もぐもぐ戦隊ブラウンレンジャーのお手並み拝見というわけ」

久遠さんは私の背後を見たと思うと、「おっ、来た来た」といって、笑顔《えがお》になった。

「きゃーっ」という声や「走っちゃダメよー」という声。「カピバラさんあっち?」「おれ、動物園で見たことある!」「あたしぬいぐるみ持ってるもん!」と競いあうように叫んでいる。

顔を向けたときにはもう、だいたいの予想はついていた。

黄色い帽子《ぼうし》をかぶって水色のスモックを着たちびっ子たちが大勢、私たちのほうへ押《お》しかけてくる。引率の先生もいる。十人、いや二十人近くいるかもしれない。

ちびっ子たちの元気のよさに、私はめまいがした。

もしかして、今日はあの子たちとも関わらなくちゃいけないのかな……。

あっという間に心臓がドキドキしはじめた私に、岡本さんが屈託《くったく》なくいう。

「今日のスペシャルゲスト、めだか保育園のちびっ子たちの登場でーす。無事に除草が完了《かんりょう》したら、ここを耕して、カピバラの好物でもあるさつま芋《いも》を植えるんですって!」

「来年の収穫《しゅうかく》が楽しみですね」

と、久遠さん。

私はじっとりと汗《あせ》ばんできた手のひらをジャージの太ももにこすり付けた。

「はーい、みんなー、こっちに座《すわ》ってー」

保育士さんが大きな声でそういうと、園児たちは口々に「はーい！」と返事をしながら、お行儀《ぎょうぎ》よく三列になって体育座りをした。

その視線が向かう先には、草を食《は》んでいるカピバラたちがいる。

今はまだ繋《つな》がれているので、身動き可能な範囲《はんい》に生えている雑草しか食べることができない。それでも、「むしゃむしゃ」と、小気味いい音がきこえてくるほど食欲は旺盛《おうせい》だ。

「準備はいいかなー？　今から、みんなに、博物館の久遠先生が、大切なお話をしてくれまーす！　お口には？」

「チャック！」

「お耳は？」

「ゾウさんの耳！」

「そのとおり！　お口にチャック、ゾウさんのお耳で、大事なお話をきいてくださーい」

「はーい！」

久遠さんは園児たちの正面まで歩いていくと、話しはじめた。

「みなさん、こんにちは」

「こんにちはーっ」

「わたしの名前は久遠です。ここから車で十五分くらい行ったところにある、博物館で働いています」

「ぼく行ったことあるよ！」

「あたしもっ」

「しーっ」と、近くにいた保育士さんが口もとに指を添《そ》えると、ガヤガヤしていた園児たちがあっちこっちで「しーっ」のポーズをした。

「博物館に遊びに来てくれたことがあるのかな？　とってもうれしいです。ありがとう。今日は博物館からではなく、家畜《かちく》改良センターというところから、特別にカピバラさんが来てくれました」

「カピバラって動物園にいるんだよっ」

そこでまた「しーっ」と、保育士さん。

「そうだよね、カピバラさんは動物園で見られるんだよね。実は、このカピバラさん、とっても怖《こわ》がり屋さんです。だから、今日は絶対に、大きな声を出したり追いかけたりしないでください」

「はーい」

「わかった」

「約束する！」

「それから、もうひとつお願いがあります。カピバラさんのお口の前に手を出すと、エサと間違《まちが》えて齧《かじ》られてしまうかもしれません。カピバラさんの前歯はとっても大きくて、カッターみたいによく切れます。ケガをしないためにも、絶対にお口の前には手を出さないでくださいね」

「はーい！」

「カピバラさんもみんながいい子だとわかれば、自分のほうから近づいてきてくれるかもしれません」

久遠さんがそんなふうに話すと、園児たちは目を輝《かがや》かせて近くのお友だちと目配せした。

「そのときは、背中やお腹《なか》をやさしくなでてあげてくださいね」

「はーい！」

「わたしからのお話は以上です」

久遠さんが退くと、保育士さんが「今のお話がわかった人、手を挙げてー」と確認した。

「はい、はーい」

「わかった！」

「あたしもー」

誰《だれ》からともなく大きな声が返ってくる。

保育士さんは全員の手が挙がったことをたしかめると、「そうしたら」と、よりにもよって私と岡本さんを見た。

も、もしかして……。

足の先から頭のてっぺんまで、嫌《いや》な予感が広がる。

「今日はもうふたり、みんなに紹介《しょうかい》したいお姉さんがいまーす」

やっぱり……。

恐《おそ》る恐《おそ》る目を向けると、つるんと澄《す》んだ瞳《ひとみ》がまっすぐに私と岡本さんを見つめていた。

保育士さんに手招きされて、私たちはさっきまで久遠さんが立っていたあたりへ移動した。

まずは岡本さんから自己紹介する。

「こんにちはー。わたしは久遠先生といっしょに博物館で仕事をしている、岡本です。今日はカメラマンとして、みんながカピバラさんと仲良くしている写真を撮《と》りにきました。たくさん写真を撮りたいと思っています。よろしくお願いします」

「よーろーしーくーおーねーがーいーしまーす」

きゃっ、元気いっぱいだ。

園児たちの反応に面食らっていると、保育士さんが私を手招きした。

小さな顔がたくさん並んでいる。

「………」

自分より十歳《さい》近くも年下なのに、ドキドキするばかりで声は出なかった。

私が緊張《きんちょう》しているのを察したのか、保育士さんが「お名前だけでもいいですよ」とやさしく耳打ちしてくれたけど、動悸《どうき》が激しくなるばかりで声は少しも出なかった。

結局、気をきかせた岡本さんが、私が市内の中学生で、今日は職場体験という勉強で博物館の仕事を手伝っていることなんかを話してくれた。

「肥後お姉さんでーす。みんなも『肥後お姉さん』って呼んであげてくださーい」

「はーい！」

帰りたい。

元気いっぱいの園児といっしょに過ごすくらいなら、学校でクラスメイトに無視されているほうがマシだとさえ思ってしまう。

思わず空を仰《あお》ぐと、とっても残念なことに、太陽はまだ空の頂点に達していなかった。


どんよりしている私の気持ちとは裏腹に、いよいよ野に放たれたブラウンレンジャーの食欲はすさまじかった。最初のうちこそ、へっぴり腰《ごし》で周囲を警戒《けいかい》していたものの、じきに一頭が荒《あ》れ地の草を食べはじめるや、それを見て安心したのか残りの隊員も盛大に草を食べはじめた。

「食べてるー」

「カピバラさん、お腹空《なかす》いてるのかなぁ」

「ラーメンみたい」

「緑色のラーメンだ！」

「もぐもぐ戦隊」とはよくいったもので、四頭のカピバラは目の前の雑草をするように食べていく。

「カピバラの歯は鋭《するど》いので、ちょっとした金網《かなあみ》くらいなら齧《かじ》って穴をあけることも可能です。今日は日帰りなので問題は起きないと思いますけど、今後、数日間の放牧を目指すとなれば電気柵《さく》も考慮《こうりょ》に入れなければいけないかもしれませんね」

フェンス越《ご》しにカピバラをながめていた私の隣《となり》で、久遠さんがいった。

その後、草を食べるカピバラと、その写真を撮《と》る岡本さんをながめていると、近くでいい合う声がした。

「カピパラじゃないよ、カピバラだよ！」

「遥《はるか》、カピバラっていったもーん」

「ううん、さっき遥ちゃんカピパラっていってたよ！」

「いってないもーん。ちゃんとカピバラっていったもん！」

「ううん、絶対にカピパラっていった！　お名前は大切だから、絶対に間違《まちが》えたらいけないって、先生いってたよ！」

お友だちにきつくいい返されて、いい間違いを指摘《してき》された遥ちゃんがべそをかきはじめた。

ちょっと舌足らずなところがあるから、本人はちゃんといったつもりでいるのかもしれない。

うるうるっと目に涙《なみだ》を溜《た》めた遥ちゃんが逃《に》げこんできた先は……まさかの私のもとだった。

「きゃっ」

突然《とつぜん》足に抱《だ》きつかれて、思わず声が出た。

「あれあれー？　カピバラさんの前でケンカしているのは誰《だれ》かなぁ？」

歌うようにいいながらこっちへやって来た保育士さんに、「凛《りん》ちゃんケンカなんかしてないよ。だってね、遥ちゃんがね、ひとりで泣いてるだけだもん。だってね、遥ちゃんね、カピバラさんのお名前間違えたんだよ！」と、気の強そうな女の子が訴《うった》えている。

「遥ちゃん、そうなの？」

保育士さんは私の前にしゃがみ込《こ》むと、遥ちゃんにやさしく話しかけた。

ううん。

声にはなっていなかったけれど、抱きつかれた足をとおして首を横にふったのがわかった。

うん、わかるよ。そうだよね。いい間違いを指摘されると、すごく悔《くや》しいよね。自分のことを丸ごと否定されたみたいに、悲しい気持ちでいっぱいになるんだよね。

私は遥ちゃんにそういってあげるかわりに、そおっと頭を撫《な》でた。

びっくりしたような顔で、遥ちゃんが私を見上げる。

その目は赤くうるんでいた。

「……カピバラさん、見なくて、いいの？」

小さな声でそうきくと、私の足に涙をこすり付けるようにして、遥ちゃんの顔が左右に動いた。

「見……る」

涙でかすれた声で、今度ははっきりとそういった。

「なにかあったらおしえてくださいね」

そういい残して保育士さんがその場を離《はな》れると、「あたしもあっちに行こっ」と、凛ちゃんも向こうへ行ってしまった。

久遠さんはフェンスの端《はし》っこで、四頭のカピバラの活躍《かつやく》ぶりを動画撮影《さつえい》している。

私は遥ちゃんの小さな背中に手を添《そ》えると、一歩、二歩、フェンスに近づいた。

さっき誰《だれ》かがいっていたとおりだ。カピバラはまるでラーメンをすするみたいに草をもりもり食べていく。ぱっちりした目で遠くを見つめて、すごく大切なことを考えているような真剣《しんけん》な顔つきで、ひたむきに食べつづけている。

「ここにいるカピバラさんはね、ただのカピバラさんじゃないんだよ。もぐもぐ戦隊ブラウンレンジャーっていってね、特別な任務をしているカピバラさんなんだよ」

少し秘密めかしてそういうと、遥ちゃんは「もぐもぐ戦隊なの？」と、キラキラした目で私を見つめ返した。

「そうだよ」

「カッコいいね！」

遥ちゃんはニコッと笑った。

カピバラたちがだいぶ落ち着いてきたところで、順番に、数人ずつが久遠さんといっしょに柵《さく》の中へ入れることになった。

「かったーい」

「硬《かた》いっ」

「ほうきみたい！」

最初に入った三人組はカピバラの背中を撫《な》でるや、口々にそう感想をもらした。

そんな三人の触《ふ》れあいを、岡本さんがパシャパシャと写真に撮《と》っている。

「すげぇ硬い！」

「タワシみたい」

「ごわごわしてるっ」

次に入った三人組も一様にカピバラの毛を硬いと表現した。

遥ちゃんの番になって、なんとなく私もいっしょに中に入った。

ケージのあっちとこっちで見つめあったときにも感じたことだけれど、カピバラは思っているよりもずっと大きい。

近くで見ると、枯《か》れたススキみたいな色をした毛の向こうに桃色《ももいろ》がかった肌《はだ》がうっすらと透《す》けていた。においは無臭《むしゅう》。ときどき近くにやって来た仲間を「ぐふっ」と鼻を鳴らして追い払《はら》う以外は「きゅるるる」とか細《ぼそ》い声で鳴きながら、ひたすら草を食べている。人間が近づいてもチラッとうかがう程度で、逃《に》げる素振《そぶ》りも威嚇《いかく》する素振りもない。

その場にしゃがんで、恐《おそ》る恐《おそ》るカピバラの背中に手をやると、本当に毛が竹ぼうきのように硬《かた》かった。

「硬いね」

同じようにしゃがんで、お腹《なか》のあたりを遠慮《えんりょ》がちに撫《な》でている遥ちゃんに耳打ちすると、遥ちゃんは「遥、もっとふさふさがよかったなー」と、少し残念そうにつぶやいた。

「はーい、ふたりともこっち向いてー」

岡本さんに呼びかけられたときだった、それまで置物みたいにおとなしかったカピバラが突然《とつぜん》、動きだした。

「危ないっ」

私はあわてて遥ちゃんとカピバラのあいだに体をすべり込《こ》ませた。

カピバラがひょいっと前足を上げたので攻撃《こうげき》してくるのかと身構えたのだけれど、私のひざの上にちょこんと前足を置いただけだった。

じきに気がすんだのか、その足を下ろすと、またあのすました顔で、足もとの草をむしゃむしゃと食べはじめた。

びっくりしたぁ。

安心した拍子《ひょうし》に気が抜《ぬ》けて、ついでに足の力まで抜けて、私はその場に尻餅《しりもち》をついてしまった。

「わっ。大丈夫《だいじょうぶ》？」

と、遥ちゃん。

「うん、平気。でも、ジャージが泥《どろ》だらけになっちゃった」

「あのね、遥がお尻ペンペンしてあげる」

遥ちゃんのやさしさに、私は自然と笑顔《えがお》になった。

「ありがとう」

「うふふ」

遥ちゃんも笑顔だ。

全員がカピバラを撫《な》で終えると、今度は質問タイムがはじまった。

再び三列に座《すわ》った園児たちの前に、久遠さんが一頭のカピバラを連れてやって来る。

「実は、久遠先生は、カピバラさんのことならなーんでも知っている、カピバラ博士《はかせ》です！」

保育士さんは身ぶり手ぶりを交えて話しはじめた。

「すごーい！」

「なに？　カピバラ博士って」

「カピバラさんについておしえてもらいたいことがある人、はーい、手を挙げてくださーい」

今度はそうきくと、「はーい！」「はい、はいっ」と、そこかしこで元気のいい声があがった。

「佳乃《よしの》ちゃん、どうぞ」

「えっとぉ、カピバラさんは女の子ですか男の子ですか？」

「ここにいる四頭はみんな女の子です。男の子のカピバラさんは鼻の頭が黒っぽく膨《ふく》らんでいます。それが目印です」

「はいっ」

「耀介《ようすけ》くんどうぞ」

「草のほかにはどんなのが好きですか？」

「動物園で飼育されているカピバラさんは、キャベツや白菜、セロリ、トウモロコシ、さつま芋《いも》、かぼちゃ、りんご、スイカなど、色々食べます。特にトウモロコシとスイカは大好物で、実のところだけじゃなくて、芯《しん》や皮まで全部、この鋭《するど》い前歯でむしゃむしゃと食べ尽《つ》くしてしまいます！」

「えーっ、皮も？」

「すっげぇ」

「おれ、知ってる！　スイカの皮って漬物《つけもの》にすると美味《おい》しいんだぜ」

「はーい！」

「はい、匠《たくみ》くん」

「なんで硬《かた》いんですか？」

「どうしてカピバラさんの毛はこんなに硬いのかということかな？」

久遠さんが質問を整理すると、匠くんは少し恥《は》ずかしそうに体をくねらせてうなずいた。

「毛が硬《かた》いのは、カピバラさんが池や沼《ぬま》や川など、水辺で暮らしていることにも関係しています。さて、どうしてカピバラさんの毛は硬いんでしょうか？　答えがわかった人は手を挙げてください」

突然《とつぜん》はじまった久遠さんからのクイズに、園児たちはざわめき立った。

「なんでだろ？」

「水が好きすぎるから！」

「そういう生き物だから？」

口々にいい合いながら、関係ないことまできゃっきゃとおしゃべりしている。

少し間をあけて、久遠さんが指名したのは私だった。

「それでは、肥後お姉さんに答えてもらおうかな。どうですか、肥後お姉さん。答えはわかりましたか？」

私は反射的に起立した。

「えーっとぉ」

つるんと澄《す》んだ瞳《ひとみ》が三十個ばかり、直立した私をじっと見つめている。

その中にはもちろん、遥ちゃんのものもあった。

あのね、遥ちゃん。実はね、私もお話するのがすっごく苦手なんだ。転校生でね、クラスのみんなとどう話したらいいか考えすぎて、どんどん話せなくなっちゃったの。お友だちがいないんだ。

だけど、本当はね、舌足らずでも、人見知りでも、堂々と話せばいいんだよ。発音を責められても、きき返されても、無視されても、小さくなる必要なんてないんだよ。

私はすぅーっと息を吸いこんだ。

土と葉っぱのにおいが胸を満たす。

「たぶんだけど、ふわふわしている毛は、水を吸うからだと、思います。水から出たあと、すぐに、体が、乾《かわ》くように、ごわごわした、水はけのいい毛が、まばらに生えているんだと、思います」

私は精いっぱい話した。

「正解でーす！」

「うおぉぉぉ」

「肥後お姉さんすごーい！」

「肥後お姉さんもカピバラ博士なのー？」

「カピバラ博士がふたりいるーっ」

園児たちに感心されて、思わず顔が熱くなった。

くすぐったい気持ちのままその場に座ると、「肥後お姉さん、やったね！」と、遥ちゃんがハイタッチしてくれた。もう目は赤くない。

「ありがとう」

私はまた笑顔《えがお》でいった。

「肥後お姉さんと遥ちゃん、こっち向いてー」

岡本さんの声にふり向くと、シャッターの音がした。

「オッケー。ふたりともすっごくいい感じ！」

私と遥ちゃんは顔を見あわせて、くすくすと笑った。

「このあと、みんなは、給食を食べにいったん園に帰ります。だから、次が、最後の質問です！」

「えーっ。ひろくん、もっとカピバラさん見たーい」

「給食を食べたらまた戻《もど》ってくるから、泣かないの。ねっ？」

保育士さんになだめられても男の子は泣きべそを止《や》めなかった。

「はい！」

「それじゃあ、凛ちゃん。最後の質問をどうぞ」

さっき遥ちゃんといい合っていた子だ。

凛ちゃんは背筋をピンと伸《の》ばしてまっすぐに立つと、少し緊張《きんちょう》した面持《おもも》ちで「四匹《ひき》は家族ですか？」と質問した。

「ここにいる四頭は同じ日に同じお母さんから生まれました。だから、正確にいうと姉妹です」

「お名前はー？」

どこからともなく新たな質問が飛んできた。

「残念だけど、お名前は付いてないの」

久遠さんが答えると、「えー、なんで？」「どうしてお名前ないの？」「名前がないなんてヘン！」「じゃあさ、なんて呼べばいいわけ？」などなど、ブーイングが起こった。

「うちのネコ、ネコのくせにクマって名前なんだ！」

「はいはい、耀介くん静かにね」

「うちのゴールデンレトリーバーはね、カプチーノっていうんだよ。だってね、ママがカプチーノ大好きだから！」

「麻衣《まい》の文鳥はコッコちゃん」

「うちの祖父《じい》ちゃんなんて百歳《さい》になるカメ飼ってるんだぜ！」

「百歳なんてウソだ！」

「ウソつきー」

「あれあれー？　おしゃべりしているのは誰《だれ》かなぁ」

「お口にチャックのお約束だよね？」

「静かにしないと、久遠先生のお話がきこえなくなっちゃうよー」

三人の保育士さんがなんとかその場を静めようとしたけれど、「なんでお名前ないのー？」「お名前がなくてカピバラさん可哀《かわい》そう！」と、ブーイングの嵐《あらし》は止《や》む気配がない。

そこで、久遠さんが奥《おく》の手をくり出した。

「そうしたら、午後はみんなでカピバラさんに名前を付けてあげようか」

「付ける！」

「美紅《みく》ねぇ、マロンがいい」

「絶対、ゴン太《た》！」

「ゴン太なんてダメだよ。カピバラさんは女の子なんだからね」

「麻衣はねー、ユズとレモンにするー。あとねー、ミルクとクルミ！」

「はいはい、みんな静かにねー」

「園に帰って給食を食べながら、カピバラさんのお名前を考えようね」

保育士さんはきゃっきゃと騒《さわ》いでいる園児十五人を引き連れて、保育園へ帰っていった。

「さてと、このへんでわたしたちもお昼にしましょうか」

久遠さんはフェンスの一角に置いてあったリュックサックを持ってきた。

岡本さんが手際《てぎわ》よくレジャーシートを敷《し》きはじめる。

「あっ！」

「はい、どうしました？」

「お弁当……ボランティア控室《ひかえしつ》の冷蔵庫に入れたまま忘れて来ちゃいました」

「あらー。わたしも気づいてあげられなくてごめんなさい。そうしたら、わたしたちはいったん博物館に戻《もど》るので、岡本さんはここで留守番をお願いします」

「運転、気をつけてくださいね」

と、岡本さん。

「念のため、ブラウンレンジャーをフェンスにつないでおきましょうか。肥後さんはここで待っていてください」

そういって歩きはじめた久遠さんの背中に、私は「あの」と声をかけた。

「はい？」

「あの、私も、手伝います」

緊張《きんちょう》がやわらいだせいもあるのか、自分から話せるようになっていた。

「そうしてもらえると助かります」

私は久遠さんにつづいてフェンスの中に入った。

ブラウンレンジャーの食欲はあい変わらず旺盛《おうせい》だ。時おりピタッと金縛《かなしば》りにあったみたいに動きが止まる瞬間《しゅんかん》はあるけれど、それ以外は黙々《もくもく》と食べつづけている。哲学《てつがく》者《しゃ》みたいに気難しそうに見えた顔も、よくよく見れば眠《ねむ》たそうな半目が愛嬌《あいきょう》たっぷりで可愛《かわい》らしい。

私は一頭のカピバラに近づくと、首もとを撫《な》でた。

「ねぇ、どうしてひとりぼっちなの？」

その子は気持ちよさそうに目をつぶると、ごろんと横向きに寝《ね》そべった。お腹《なか》はきれいなピンク色をしていて、草が詰《つ》まっているのかパンパンだ。

「ここ、痛かったでしょう」

今度は肩《かた》の、傷口から少し離《はな》れたあたりをそっと触《さわ》った。

カピバラは後ろ足をピンと伸《の》ばして、「もっと撫でて」とアピールするように目を閉じた。

「悪いことなんかしてないのに、ね？」

カピバラに話しかけていたはずが、気づけば、私は、教室でひとりぼっちの自分を悲しんでいた。

どうして、私は、ひとりぼっちになってしまったんだろう？

四頭のカピバラをフェンスにつなぐと、私と久遠さんはトラックに乗った。

車が出発してしばらくすると、隣《となり》から「くすっ」と笑い声がきこえた。

「それにしても、さっきはすごいブーイングだったわね」

「ですね」

カピバラに名前がないとわかった瞬間《しゅんかん》の園児たちの反応といったらすごかった。

「博物館という性質上、日頃《ひごろ》、わたしたち学芸員が尊重しているのは『個《こ》』よりも『種《しゅ》』なんです。たとえば、今回のカピバラでいったら、ネズミ目《もく》テンジクネズミ科《か》カピバラ属《ぞく》という種を見て仕事をしている。そこに名前が付くと、種よりも個が強調される。名前が付いた瞬間に種は個になるんです」

「………」

声が出ないのではなく、久遠さんがいわんとしている意味がわからなかった。

「今日連れてきた四頭のカピバラも名前が付いていない時点では、ネズミ目テンジクネズミ科カピバラ属という種でしかないけれど、仮にわたしが『ひぃ』『ふぅ』『みぃ』『よぉ』と名付けたとすると、その瞬間から、あの子は『ひぃ』で、この子は『ふぅ』

で、そっちは『みぃ』で、あっちは『よぉ』になる。肥後さんだってそうでしょう？

だとしたら、名前とはいったいなんでしょう？」

久遠さんはクイズっぽく語尾《ごび》を上げるようにしてそうきくと、私をチラッと横目で見た。


名前とはいったいなんでしょう……。

さて、なんでしょうか？


久遠さんがウィンカーを出してトラックが右折すると、ぐぅんと体が強く引っぱられた。ぐぅんと引っぱられて、私の気持ちまでどこか遠くへ行ってしまいそうになった。

あれこれ考えているうちに、車は博物館の地下駐車場《ちゅうしゃじょう》に到着《とうちゃく》した。

「まっすぐ行った突《つ》き当たりにドアがあります。鍵《かぎ》はかかっていないので、そこから中に入ってください。鈴井《すずい》さんという職員が仕事をしているはず。ボランティア控室《ひかえしつ》までの行き方は彼《かれ》にきいてください」

「はい」

ドアはすぐに見つかった。なぜか、そのわきに骨を並べたバットが置いてある。

戸惑《とまど》いながら重たいドアを開けると、目の前には理科実験室のような空間が広がっていた。てっきり、職員室のような部屋のつもりでいたから面食らった。

「ちょっと！　びっくりさせないでよね、もうっ」

驚《おどろ》いて声のほうをふり向くと、クラスメイトが私をにらみ付けていた。

「……ごめんなさい」

直前まで深いことを考えていたはずが、クラスメイトに遭遇《そうぐう》した瞬間《しゅんかん》、私の思考にも言動にも鍵《かぎ》がかかったようになってしまった。体も、口まわりの筋肉も萎縮《いしゅく》して、思わず、つかんでいたドアノブを放しそうになる。

「ちょっ、ちょっと。入るなら入りなよ」

クラスメイトにそういわれて、私は恐《おそ》る恐《おそ》るその部屋に足を踏《ふ》み入れた。

なんだか風変わりな空間だ。

お弁当を取りにきたと告げると、なぜかその子もいっしょにボランティア控室《ひかえしつ》まで行くといい出した。

途中《とちゅう》、私は尋問《じんもん》でも受けているみたいな気分で、哺乳類《ほにゅうるい》担当であることや屋外でお昼を食べる理由なんかを説明した。

その子はボランティア控室には入らずに廊下《ろうか》で待っているという。

ほっと胸をなで下ろして、ドアを開けると、ソファーのあたりで、クラスの男子がおじいさんとおしゃべりしているところだった。

「この中のどれかがそうだから、よおく観察してみな」

たしか、みんなから「博士」と呼ばれている子だ。そんな博士をとり囲むように、おじいさんとおばさんが何人かいる。

と、そのとき、博士の隣《となり》に座っていた男の人が私に気づいた。

「こんにちは。フライドチキンはいかがですか？」

「はい？」

思ってもみない声かけに、私はまじまじとその人を見つめ返してしまった。

「職場体験に来ている中学生ですよね？　私はここで働いている鈴井といいます。訳あってフライドチキンの骨集めをしています。よければ、いっしょにどうですか」

その人はフライドチキンの箱を掲《かか》げた。

「あ、あの、駐車場《ちゅうしゃじょう》に、久遠さんを待たせていて……お昼は耕作放棄地《こうさくほうきち》、で、食べるので……」

「ああ、哺乳類の子でしたか。だったら、はい、これをどうぞ。久遠さんといっしょに食べてください」

鈴井さんは未使用のポリ袋《ぶくろ》にいくつかフライドチキンを入れてくれた。

なんとなく博士をうかがうと、許可でも出すみたいにうなずかれた。

「あの、ありがとう……ございます」

冷蔵庫からお弁当を出してボランティア控室《ひかえしつ》から出ようとしたところで、今度はおじいさんに呼び止められた。

「待って、待って。お嬢《じょう》ちゃんもせっかくだから、ほら、これを見ていきなさい」

「えっと……」

断る勇気のない私は、おじいさんに手招きされるがままソファーのあたりへ移動した。

なんだろう、これ？

おじいさんの手に載《の》っていたのは、瓦礫《がれき》のような石だった。

「よおく見てみな。この中のどれかにシダ植物の化石が含《ふく》まれているからさ」

シダ植物ということは……。

「これ、ですよね？」

私は、中でも小さな断片《だんぺん》をつまみ上げた。片すみに、白いチョークで描《か》いたような微《かす》かな模様が見て取れる。

「おー、早いねぇ！　正解。それがシダ植物の化石ってわけ」

「すごいな、肥後さん。ぼくはちっともわからなかったよ。もしかして、これまでに化石探しとかしたことがあるの？」

「はじめて、だけど……」

化石を見つけたことよりも、いきなり名前で呼ばれたことにびっくりした。まさか、私の名前を覚えている子がクラスにいたなんて。

反射的に名札を見ると、几帳面《きちょうめん》な字で「瀬川学《せがわまなぶ》」と書いてあった。不機嫌《ふきげん》そうに私を見ていたあの子はなんていう名前だろうと思ったのは、そのときだ。そういえば、さっき、久遠さんは、名前が付いた瞬間《しゅんかん》に種は個になると話していた。

「あの、そろそろ私……」

石を返した拍子《ひょうし》に、もうひとつ、別の破片《はへん》にも規則的な模様が刻まれていることに気がついた。

「もしかして、これも？」

「どれどれ？　おっ、本当だ。ねぇ、鈴井さん。これも化石だよねぇ？」

「たしかに、シダ植物の葉脈のように見えますね」

「どれどれ？」

おばさんたちも顔を寄せてくる。

「すごいよ、肥後さん！　こんなに短時間でふたつも化石を見つけるなんて、ひょっとして化石探しの才能があるんじゃないの？」

瀬川くんに誉《ほ》められて、私の顔は熱くなった。

「きっと、お嬢《じょう》ちゃんは筋がいいんだな。化石が入っているかもしれないトレー、ここに置いておくからさ、あとでじっくり探してみなさいよ。これをきっかけに、将来は古生物学者になるかもしれないもんなぁ、鈴井さん」

「そうですね。是非《ぜひ》、チャレンジしてみてください。こういうものは四つ葉のクローバー探しといっしょで、見つけられる人には案外簡単に見つけられるものなんですよ」

これ、そんなにすごいことなのかなぁ？

「……あの、やってみます。ありがとうございました」

私はお礼をいうと、化石探しでにぎわっているボランティア控室《ひかえしつ》をあとにした。

ひょっとすると、あの子はすでに地下室に戻《もど》っているかもしれない。

そう思いながら廊下《ろうか》に出たのだけれど、意外にも彼女《かのじょ》はまだそこにいた。

「遅《おそ》いよ！」

その子は私の顔を見るなりムッとした。もしかすると、私を目にするだけで機嫌《きげん》が悪くなるのかもしれない。

仕方なくいっしょに階段を下りていく途中《とちゅう》、その子が別の子から「円佳《まどか》」と呼ばれていることを思い出した。

苗字《みょうじ》はなんだっけ？ 名札を見れば一発なんだけどなぁ。

そう思った直後、「飯田《いいだ》」という名前が降ってきた。

そうだ、飯田だ。飯田円佳！

勇気をふりしぼって名前で呼ぶと、飯田さんは驚《おどろ》いた顔で私をふり返った。それから、私のジャージが汚《よご》れていることを指摘《してき》すると、なぜか着替《きが》えを貸してあげるといい出した。

ジャージを着替えると、今度はニワトリの骨格を復元するという今日の仕事についてもおしえてくれた。

「わぁ、すごいね。面白《おもしろ》そう」

私は図工や美術が大好きだ。

「普通《ふつう》、フライドチキンの骨を見ただけで、それが右半身か左半身の骨かなんてわからないでしょう？　でも、鈴井先生にはわかるの。ここにあるトレーには左半身の骨が多いんだって。だから、追加でフライドチキンを買って右半身のパーツ集めをしてるみたい」

「だから、さっき、私にもフライドチキンをくれたんだ」

思いきって本音で話したのがよかったのか、そのあとは今までにないほどスムーズに会話がつづいた。

飯田さんが鈴井さんの話をしていたときだ、壁際《かべぎわ》のラックに目覚まし時計を見つけた。

いっけない！　久遠さんの存在をすっかり忘れてた。

私は大急ぎで大型標本作成室から飛びだした。

大きく息を吸って、勢いよく吐《は》きだす。

結局、最後まで飯田さんは私を名前で呼んでくれなかった。たぶん、いや絶対に、飯田さんは私の名前を知らないんだと思う。私だって、さっきまで飯田さんを「クラスの女子」としか認識していなかったくらいだもの。

「引き分け、かな」

ぽつりとつぶやいた声が地下駐車場《ちゅうしゃじょう》に反響《はんきょう》する。

「遅《おそ》くなってごめんなさい！」

助手席に飛び乗ると、久遠さんは笑顔《えがお》で迎《むか》えてくれた。

「それでは、行きましょうか」

ゆっくりトラックが出発する。バックミラーに映る博物館が徐々《じょじょ》に小さくなっていく。

お弁当を食べたら、午後はネズミ目テンジクネズミ科カピバラ属である、あの四頭のカピバラに名前が付く。いよいよ種から個になるのだ。その前に、あの一頭がなぜ苛《いじ》められているのか久遠さんにきいてみよう。それから、それから……。

私には、まだ話していないこと、話さなくちゃいけないこと、ききたいことがたくさんあるような気がした。

「あっ、特技」

「ん？」

私はハンドルを握《にぎ》っている久遠さんをふり向いた。

「さっき、岡本さんから、特技を、きかれたんです。もしかすると、私、化石探しが得意……かも。ボランティア控室《ひかえしつ》で、化石探しをやっていて、ふたつ、見つけたんです。シダ植物の、化石……。これも特技になりますか？」

途切《とぎ》れ途切《とぎ》れだったけれど、ひさしぶりに自分のことを話せた気がした。

「もちろん、立派な特技ですよ」

やったぁ。

「あの、久遠さん」

私ははじめて意識して、久遠さんを名前で呼んだ。

「なんでしょう？」

「あの、久遠さんの仕事って？」

「わたしは哺乳類《ほにゅうるい》の学芸員です。ただし、最近は兼任《けんにん》している企画普及課《きかくふきゅう》のほうが忙《いそが》しかったりします。簡単に説明すると、博物館が持っている資料や知識を博物館以外の場でいかすことができないか模索《もさく》する仕事です。本当はもっとフィールドワークがやりたいんですけど、なかなか時間が取れなくてね」

私は久遠さんの話をききながら、フロントガラスの向こうへ目を向けた。

いつのまにか太陽が空のてっぺんを折り返している。

そのことを、今回は少し残念に思った。

無生物？

担当 瀬《せ》川《がわ》学《まなぶ》

ぼくの名前は瀬川学《せがわまなぶ》という。ただし、クラスメイトは「博士《はかせ》」と呼ぶ。どうやら、幼少期からかけているこのメガネと、昔、生き物係だったことが関係しているらしい。苗字《みょうじ》の「瀬川」や名前の「学」で呼ばれることはほとんどない。

はじめて「博士」というニックネームを負担に感じたのは、忘れもしない、中学一年一学期の期末試験の答案が返ってきた日のことだった。それまではテストなんて余《よ》裕《ゆう》だったのに、答案用紙の五分の一くらいにバツがついていて息が止まりそうになった。

特に理科は絶望的で、七割弱しか取れていなかった。これでも小学生のころは昆虫《こんちゅう》採集が好きだった。父や五歳《さい》上の兄ともよく釣《つ》りに出かけたものだ。生き物係として金魚とメダカの共同飼育に尽力《じんりょく》したし、夏休みの自由研究でザリガニの脱皮《だっぴ》を観察して賞をもらったこともある。

にもかかわらず、なんてあり様だ!

職場体験についてクラスメイトと打ち合わせした日の帰り道、「博士の第一希望はどこだったん?」と多嶋《たじま》くんにきかれたぼくは「全部だよ」と即答《そくとう》した。

案《あん》の定《じょう》、多嶋くんはまぶしいものでも見るような目でぼくを見た。けれど、多嶋くんは知らない。今となっては、ぼくが理科よりも国語や社会のほうが得意だということを。

そんなぼくの職場体験先が博物館だなんて、なにかの間違《まちが》いじゃないのか?

冷《ひ》や汗《あせ》をかきかき帰宅したぼくは、夕食の席で、職場体験について報告した。わが家のおしえは「秘密主義は不良のはじまり」だ。よって、隠《かく》し事《ごと》はしない決まりになっている。

「職場体験の行き先が正式に決まったよ。ぼくは県立博物館になったんだ」

なんでもないことのように打ち明けると、まっ先に反応したのは母だった。

「あら、博物館なんて素敵《すてき》じゃないの。学にぴったりの環境《かんきょう》ね」

母は、ふたまたに分かれた大根も、パリッと乾《かわ》いた洗濯《せんたく》後のシーツも、軒下《のきした》のツバメの巣も、なんでも「素敵」というのが口癖《くちぐせ》だ。

「ほぉ、博物館か。学校もなかなか憎《にく》い体験先を用意してくれたものだな」

父は穏《おだ》やかな性格だ。ぼくは一度だって怒《おこ》られたり意見を否定されたりしたことがない。

「面白《おもしろ》そうな体験先に決まってよかったじゃないか。博物館には専門家が揃《そろ》っているから、きっと、学にとってもいい刺激《しげき》になると思うよ」

最後にそう話をまとめたのは、五歳《さい》上の兄だった。

成績優秀《ゆうしゅう》で人物的にも優れている兄は医学部を受験して、晴れて四月から学部生になっていた。いうまでもなく、わが家の自慢《じまん》の長男だ。

「ぼくもいい刺激になるんじゃないかと思っていたところだよ」

ぼくは相槌《あいづち》を打ちつつも、兄の発言に打ちのめされてもいた。

博物館には専門家どころか本物の「博士」がいるらしい。大学や大学院で人並《ひとな》み外《はず》れた専門知識を基《もと》に立派な論文を書いて、認められた人たちのことだ。そのような人を「博士」と呼ぶことを、すでにぼくはネットで調べて知っていた。

いうなれば、今回の職場体験は、なんちゃって博士であるぼくが本物の博士に会いに行く、ということでもある。気後れしないはずがない。

ただし、考えようによってはこれもなにかのチャンスかもしれない。これを機に、理科や博物の世界に目覚める可能性だってある。

ぼくはこの目で本物の博士を観察してやろうと心に決めたのだった。

……だというのに。


「最近、近藤《こんどう》さんの姿が見えないけどなにか知ってる人いなーい？」

「やだぁ、きいてないのぉ。近藤さん入院したのよ。散歩の途中《とちゅう》で転んで大腿骨《だいたいこつ》を骨折ですって」

「えー、初耳！」

「足は第二の心臓だっていうじゃない？　健康のためにつづけてきた散歩で骨折なんて、お気の毒よねぇ」

「年を取るって本当に嫌《いや》ね」

「私たちも気をつけましょう！」

ついにやって来た職場体験当日、ぼくが案内された「無生物」の作業部屋では、ボランティアと思《おぼ》しきおばさん三人がぺちゃくちゃとおしゃべりしながら押《お》し花のファイルを整理していた。

「まったくスターというものは、ある日突然《とつぜん》、彗星《すいせい》のごとく現れるものだなぁ」

「将棋《しょうぎ》のあの子ですか？」

「そうそう。まるで希望の二文字を背中に背負ってるみたいにまぶしいよねぇ」

「おかげで将棋中継《ちゅうけい》が楽しみになっちまったよ」

その隣《となり》のテーブルでは、やはりボランティアと思しきおじいさん三人が鉱物のケースを並べながら、ここ最近の将棋界について語っていた。

嗚呼《ああ》、本物の博士はいずこ……。

ぼくがため息を飲みこんだそのときだった、おじいさんグループのひとりが声をかけてきた。

「どうだい？　そろそろ目を通しおえたかい？」

たしか、名前は落合《おちあい》さんだ。さっき、ボランティア控室《ひかえしつ》ですれ違《ちが》った際に久遠《くおん》さんからそう呼ばれていた。

ぼくは直前まで読んでいた冊子を机に置いた。

冊子は、ここに来る途中《とちゅう》、久遠さんから渡《わた》されたものだ。ひとつは博物館のパンフレットで、もうひとつは『ボランティア就業規則』。

久遠さんからは「ボランティアさんたちが色々とおしえてくれるとは思うけど、念のため資料を渡しておきます。目を通してみてくださいね」といわれていた。

その『ボランティア就業規則』によると、ここ県立博物館のボランティアには「展示・解説ボランティア」と「学芸ボランティア」のふたつがあるようだ。

展示・解説ボランティアは、その名のとおり、展示の手伝いをしたり来館者に解説をしたりする。一方の学芸ボランティアは、植物、菌類《きんるい》、地学、古生物、哺乳類《ほにゅうるい》、鳥類、両生・爬虫類《はちゅうるい》、魚類、昆虫《こんちゅう》、無脊椎《せきつい》、と細分化していて、それぞれ担当学芸員とともに、資料集めや整理、実地調査、研究などを手伝うと書いてあった。

つまり、今日ここに集まっているメンバーは、おばさん三人が学芸ボランティアの植物班で、おじいさん三人が学芸ボランティアの地学班ということになる。

本物の博士との触《ふ》れあいを恐《おそ》ろしくも楽しみにして来たというのに、初《しょ》っ端《ぱな》に「無生物」なんか引きあててしまったのが運の尽《つ》きだった。

とはいえ、愚痴《ぐち》っていてもはじまらない。

「読み終わりました」

ぼくが返事をした直後、「ねぇ、瀬川くん」と、今度はおばさんが声をかけてきた。

「なんでしょうか？」

「瀬川くんは今どきの中学生だからパソコンやデジカメなんて余裕《よゆう》でしょう？」

うちの母もそうだけど、女の人の質問はやや誘導尋問《ゆうどうじんもん》っぽいところがある。最初から自分の中で出ている答えに向かって質問を投げかけてくるような。

「一応、基本的なことはできます」

「スキャナーはどう？　もちろん、使ったことがあるのよねぇ？」

と、また別のおばさん。

おばさんは三人いるのだけれど「類は友を呼ぶ」という諺《ことわざ》が思い浮《う》かぶくらい、

背格好も顔立ちも髪型《かみがた》も着ているものの雰囲気《ふんいき》も似ている。あまりじろじろと見ては失礼な気がして、今のところ個人を特定できていない。

ボランティアさんたちもぼくとは今日一日の付きあいだと割り切っているのか、これといって自己紹介《しょうかい》はなかった。ただし、ぼくは名札を着けているので、相手はぼくの名前がわかるというわけだ。

「もちろんです。生徒会の報告書を作る際にも利用しています」

現在、ぼくは生徒会の書記を命ぜられている。

ぼくの返答に、おばさん三人の顔がほころんだ。

今や時代はインターネット社会。というわけで、博物館に集積された標本や資料をパソコンやデジカメ、スキャナーなどを駆使《くし》してネット閲覧《えつらん》できるように処理するというのが目下の課題だという。植物ボランティアは週に一度集まって、標本の整理やデジタル化に励《はげ》んでいるそうだ。

「私たち、画像を読み込《こ》んでデータ入力できる人をちょうど探していたところなのよ」

「スキャナーって少し敷居《しきい》が高いじゃない？」

「お願いできないかしら？」

「ぼくですか？　べつに構いませんけど」

「よかった」

「助かるわ！」

「ありがとう」

おばさんたちが口々にいうと、

「おいおいおい」

どこからともなく不機嫌《ふきげん》そうな声が飛んできた。

「勝手なことをしてもらっちゃ困るぞ。今日、その子は無生物を手伝うんだろ？　どうして生物である植物班の手伝いなんかしなくちゃならないんだよ」

「人手が足りないんだから仕方がないじゃないのよ。ねぇ？」

「そうよ、そうよ」

「瀬川くんに手伝ってもらえるとすごく助かるわ」

おばさん三人がそういうと、またしても、おじいさんが仏頂面《ぶっちょうづら》でいい返した。

「足りないのは人手じゃなくて時間だろ。いつもぺちゃくちゃしゃべってばかりいるせいじゃないか」

「まぁまぁ」

「中学生の前でケンカなんてするもんじゃないよ」

残るふたりのおじいさんが仲裁《ちゅうさい》に入る。

「だったらこうしましょうよ。瀬川くんに決めてもらうっていうのはどう？　それなら文句ないでしょ」

「おう、上等だ」

次の瞬間《しゅんかん》、ボランティアさん六人の視線がぼくに集まった。

え？　え？

突然《とつぜん》はじまった争奪戦《そうだつせん》。

ぼくは頭を高速回転させた。

おばさんたちを手伝うべきか、それとも、当初の予定どおりおじいさんたちを手伝うのが筋か？

正直なところ、押《お》し花にも鉱物にも興味はなかったが、空気が悪くなるのは避《さ》けたかった。

「では、午前中は植物のスキャンを手伝って、午後は地学班を手伝うというのはどうでしょう？」

考え抜《ぬ》いた末に答えると、「しっかりしてるわねぇ」「うちの孫に見習わせたいくらいだ」などという声に混じって、「ふんっ」と鼻を鳴らすような声が飛んできた。

さっきからおばさんに食ってかかっている、あのおじいさんだ。苦虫をかみ潰《つぶ》したみたいな顔をしている。

「たしか、瀬川くんといったな」

「そうですけど」

「そもそも瀬川くんはどうして博物館で職場体験をしてみようと思ったんだよ？」

しかめっ面《つら》で、ぼくをにらんでくる。

「実をいうと、博物館を希望したわけではないんです。ただ、ほかの職場よりも多岐《たき》に渡《わた》るジャンルを学べそうですし、結果的にここに決まってよかったと思っています」

よし。完璧《かんぺき》だ。

感心してもらえると思っていたのに、おじいさんは眉間《みけん》のしわを一段と深くさせただけだった。

ぼくはおばさんたちの作業テーブルに移動すると、台紙に貼《は》りつけてある押《お》し花をひとつひとつスキャンしていった。

うっかり「押し花」などと口走ってしまったけれど、博物館的には、「維管束《いかんそく》植物の押し葉標本」と呼ぶそうだ。維管束植物とは、植物の中からコケ類と藻類《そうるい》を除いたものをいうらしい。

台紙には標本とは別に、名前、採集者、採集地、採集年月日なんかが印字されたラベルが貼《は》りつけてあって、全体の景観写真も添付《てんぷ》されている。

「これもお願いね」

おばさんはどこからともなくさらに数冊のファイルを持ってくると、テーブルに積み上げた。

「あの、すみません。この博物館に維管束植物の押し葉標本はどれくらいあるんですか?」

ぼくがたずねると、「二十五万点くらいじゃないかしら」と返事があって、驚《おどろ》いた。

「二十五万点?」

ぼくはあらためて作業部屋を見わたした。

ぼくたちが作業しているこの部屋は、ボランティア控室《ひかえしつ》のちょうど真下に位置している。入口側を除いた三方の壁《かべ》沿いにガラスケースが並んでいて、実験装置のような精密器機が収納されている。

とてもじゃないけど、二十五万点なんていうおびただしい数の標本がこの部屋ひとつに収まるとは思えなかった。おそらく、ほかにも収納スペースがあるに違《ちが》いない。

この博物館だけで二十五万点もの標本が保管されていることも驚《おどろ》きだけど、それを上回る数の植物が地球上には存在しているということでもある。また、おばさんが話してくれたところによると、標本は日々《ひび》新たに持ち込《こ》まれるらしい。

それらの事実に、ぼくは驚愕《きょうがく》した。

「どんどんスキャンして、じゃんじゃんデジタル化しちゃってちょうだいね!」

「わかりました」

おばさんはいとも簡単にいってくれたけれど、とても今日一日……というよりは、午前中の数時間でどうにかできるような量ではなかった。

とにかく、やれるところまで頑張《がんば》ろう!

そう心に決めて手を動かしはじめた矢先、植物名が記載《きさい》されていない資料が紛《まぎ》れ込《こ》んでいた。

ラベルには採集者の名前と場所と年月日しかない。

「すみません。この標本なんですけど植物名を記載し忘れているようなんです。除《よ》けておきましょうか？」

標本として不完全だと思ったからそういったのだが、どうやらそういうわけではないようだ。

「いいの、いいの。とりあえず、スキャンだけしておいて。そのうち誰《だれ》かが同定《どうてい》してくれるでしょ」

と、おばさん。

「どーてい？」

ぼくは首をひねった。

「動植物を分類するにあたってね、外見的な特徴《とくちょう》なんかを手掛《てが》かりに、属《ぞく》や種名《しゅめい》を特定することを同定というの」

おばさんの話では、時おり、こんなふうに名前が特定されていない未同定の標本も紛れ込んでいるそうだ。

「博物館ってね、とにかく根気強いのよ。ここで働いている先生たちはね、今すぐ使えないから意味がないとは考えないの。すべては後世のため。何年後か何十年後かになるかはわからないけど、いつか、誰《だれ》かの、なにかの研究に役立てるために、今、この時代に生きているあたしたちができる限りの資料を集めて、保管しておこうっていう姿勢なの」

へぇ、そうなのか。

「というわけだから、未同定の資料も同等に扱《あつか》ってちょうだい」

「わかりました」

ぼくはそう返事をしながらも、内心ガッカリしていた。

ぼくの空想上の博士は、パリッとした仕立てのいいスーツか白衣を身にまとい、ルーぺや顕微鏡《けんびきょう》を片手に、日夜、小難しい研究に励《はげ》んでいる人物だ。

けれど、実際にここで行われていることといったら、資料集めとその保存。

ずいぶんと地味で泥《どろ》くさい作業ではないか。

「ちなみに、その同定というのはどんなふうにやるんですか?」

気になって質問すると、「せっかくだから瀬川くんもやってみる?」と水を向けられた。

おばさんはビーカーに挿《さ》してあった植物を抜《ぬ》いて、ぼくのところへ戻《もど》ってきた。

「はい、どうぞ」

渡《わた》されたのは、二種類の枝だった。

どうしてひと目でそれがわかったかというと、片方の植物には赤い実が成っていたからだ。葉の形も違《ちが》う。

次に、おばさんはどこからともなく植物図鑑《ずかん》を持ってくると、「これも貸してあげるわね」といって、『葉で区別する樹木』なる資料を渡《わた》してくれた。

どうやら、この図鑑を手掛《てが》かりに自力で調べろということらしい。

さすがに戸惑《とまど》っていると、一連のやり取りを傍《かたわ》らから見ていた別のおばさんがころころと笑いはじめた。

「もー、松野《まつの》さんってば乱暴よぉ。どうやって同定するか、もう少し丁寧《ていねい》に説明してあげればいいのに」

「えー、そう？　手当たり次第にやってみたほうがためになるんじゃないかと思ったんだけど、だめ？」

「だとしても、やり方くらいおしえてあげなくちゃ。ねぇ、御子柴《みこしば》さん」

同意を求められて、残るひとりのおばさんも笑顔《えがお》でうなずいた。

なんとなく似ていると思っていた三人のおばさんだけど、実際は三者三様のようだ。

ここにきて、少しずつ、おばさんたちの見分けがつくようになってきた。

まず、ひとりは松野さん。三人の中ではリーダー格で、おしゃべりで、行動力もありそうだ。反対に、口数が少なくて、いつもニコニコと状況《じょうきょう》を見守っているのが御子柴さんだ。その中間で、橋渡《はしわた》し役をしているおばさんの名前は今のところわからない。

ぼくがおばさんたちの同定を試みていると、

「そこまでいうなら斉藤《さいとう》さんがおしえてあげれば？　あたし説明するの苦手なのよ」

松野さんがいった。

どうやら、残るひとりは斉藤さんというらしい。

斉藤さんは呆《あき》れたように「もー」といいながらも、同定の仕方をおしえてくれた。

今回のような樹木の場合、花が咲《さ》いていたり実が成っていたりするものは、それ自体が大きなヒントになる可能性が高いので、絶対に見落としてはいけないという。次に着目すべきは、葉の形状だ。葉の形はどんなふうか、縁《ふち》はギザギザしているのか、それとも丸っこいのか、葉脈はどんなふうになっているのか？　また、枝から葉がどんなふうに生えているのかも観察する。「対生《たいせい》」といって、右側も左側も同じ位置から生えているタイプか、それとも「互生《ごせい》」といって交互《こうご》に生えているのか。これといって特徴《とくちょう》のない草などは根で判断することが多いそうだ。だから、必ず根っこがわかる状態で摘《つ》むようにと注意を受けた。

いわれてみれば、うちの母が気まぐれで作る押《お》し花と違《ちが》って、博物館の押し葉標本はきちんと根っこまで付いている。

「スキャンに飽《あ》きたら、その図鑑《ずかん》をめくって同定に挑戦《ちょうせん》してみてね」

「そうします。ありがとうございました」

ぼくは斉藤さんにお礼をいうついでに、松野さんと御子柴さんにも会釈《えしゃく》をした。

はじめのうち、仲間内のうわさ話や自身の健康不安を話題にしていた松野さんと斉藤さんと御子柴さんも、根底には博物館や動植物への興味関心があるようだ。このあいだ採集に行った原っぱの地形がどうだった、そのときに見つけたシダ植物がどうした、家庭菜園で作っているハーブに付いていた虫を学芸員に見せたらどうなった、など話しはじめた。

じきに、話題は年明けに予定されている博物館の特別企画展《きかくてん》で持ちきりになった。なんでも「大地からのプレゼント」というタイトルで、鉱物について掘《ほ》り下げるらしい。

ぼくはいったんスキャナーを置くと、疲《つか》れてきた右手をほぐしながら、さっき渡《わた》された植物を観察した。

耳からは、おばさんたちのおしゃべりの声が入ってくる。

「大地からのプレゼントなんて謳《うた》うからには、当然、植物も取り上げてもらえると思ったのに、今回は鉱物だけっていうじゃない？　大地といったら植物の宝庫でもあるのに、なんだかねぇ」

不満げにこぼしたのは、たぶん、松野さんだろう。

「わたしもね、それは今度、久遠さんに意見してみようと思っていたところ」

これは、たぶん、斉藤さんだ。

「でも、専門家が決めたことにわたしたち素人《しろうと》が口を挟《はさ》むのはどうかしら？　植物はほら、三階に常設展示コーナーがあるでしょう？　だから、特別展をやる必要はないという判断かも」

最後の控《ひか》えめな発言は、御子柴さんだろう。

「だめだめ。御子柴さんはものわかりがよすぎよ」

「そうよ。松野さんのいうとおりよ。こういうことは直接ぶつけてみなくちゃ！」

ぼくは植物図鑑《ずかん》から目を離《はな》すと、三人のおばさんをふり返った。

同定成功。

心の中でつぶやく。

あらためておばさん三人をうかがうと、名前がはっきりしたせいか、それぞれの特《とく》徴《ちょう》が浮《う》き立つようになってきた。さっきまで区別が付けづらかった外見も、今となってはそれぞれ違《ちが》うようにしか見えない。

もしかすると、名前とはタンスのような存在なのかもしれない。その引き出しにもろもろの特徴を収納して、ぼくたちは対象物を認識しているのかも。

そんなふうに結論づけたとき、ぼくはあらためて本物の「博士」に会ってみたくなった。

こういう仕事を選んだ人とは、いったい、どんな人物だろう？

少し離れたテーブルで作業していたおじいさんが口を挟んできたのは、そのときだった。

「特別展くらい、日頃《ひごろ》、日の目を見ない地質学に主役の座を譲《ゆず》ってもバチはあたらないと思うけどな。そんなに不満なら、別の企画《きかく》を考えてプレゼンしてみたらどうなんだ。それか、これを機に常設展示の模様替《もようが》えを提案するか」

初《しょ》っ端《ぱな》にも、ぼくを巡《めぐ》って対立した人物だ。

「あら、やだ。男性の僻《ひが》みほどみっともないものはないですよ。常設展示は常設展示、特別展は特別展できちんと分けて考えてもらわないと」

すかさず松野さんがいい返すと、

「けっ。なにが僻みだよ。こんなのちっとも僻みじゃないよ。そんなふうに文句ばっかりいってると、いくらボランティアとはいえ、そのうち久遠さんから鬱陶《うっとう》しがられるぞ」

また、おじいさんが噛《か》みついた。

落合さんと、残るひとりのおじいさんは我関せずといった様子で作業をつづけている。

「余計なお世話よ」

「なんだって?」

バチバチバチッ!

目には見えない火花が松野さんとおじいさんのあいだに飛び散った。

ぼくがハラハラしていると、まさにそのおじいさんが話しかけてきた。

「瀬川くん、きみはどう思う?」

「はい?」

「だから、新春の特別企画展についてだよ。大地からのプレゼントと銘打《めいう》って鉱物にスポットライトがあたったたって構わないよなぁ?」

「まぁ、そうですね」

ぼくはドギマギしながら、うなずいた。

「そうはいっても、大地からの、なんて銘打たれたら植物だってイメージするわよねえ?」

と、今度は松野さん。

「それも、まぁ、そうですね」

「ほらぁ、今どきの中学生もそういってるじゃないのよ。やっぱり、大地イコール植物なのよ」

松野さんが得意げな顔でいうと、

「なにがほらだよ。そうはいってなかっただろ」

おじいさんが小ばかにしたように笑った。

バチバチバチッ！


植物班と地学班の六人は、その後、一切《いっさい》口をきかなくなってしまった。

張りつめた空気の中、ぼくは黙々《もくもく》と標本のデジタル処理を進め、それに飽《あ》きると手もとの植物と図鑑《ずかん》をながめた。

赤い実が付いている植物は、葉の縁《ふち》が波打っていて、対生《たいせい》している。

だから、たぶん、「秋の樹木」のページに載《の》っている「ハナミズキ」で間違《まちが》いないだろう。図鑑の写真ともよく似ている。

もうひとつの植物はいくら図鑑をめくっても見つからなかった。もしかすると、載っていないのかもしれない。あとで松野さんたちに確認してみよう。

そうこうしているうちに、時計の針は十二時を指した。

ところが、誰《だれ》ひとりとして休憩《きゅうけい》を取らない。

そのままさらに一時間近くが過ぎて、いよいよぼくのお腹《なか》が「ぐーっ」と鳴りはじめたところで、ようやくメンバーの手が止まった。

まさか……？

これだけ険悪なムードに陥《おちい》っている以上、時間をずらして休憩すればいいものを、植物班も地学班も一時きっかりに作業部屋をあとにした。

ピリピリした空気を引きずったまま同じ部屋で食事をするなんて、考えただけで気が重い。

最後にボランティア控室《ひかえしつ》に入っていくと、どこからともなく芳《こう》ばしいにおいが漂《ただよ》ってきた。この美味《おい》しそうなにおいの正体は……？

「お疲《つか》れさまです」

声をかけてきたのは、ソファーに座っていた男の人だった。

おじさんというほどは老《ふ》けていない。大きめの銀縁《ぎんぶち》メガネをかけていて、もやしっ子がそのまま大人になったみたいに肌《はだ》が白い。見ようによっては「博士」といった雰《ふん》囲気《いき》だ。

もしかすると、もしかするぞ！

にわかにぼくの心は湧《わ》き立った。

でも、待てよ。そもそも、ここはボランティア控室《ひかえしつ》だ。本物の博士がこんなところで休憩《きゅうけい》するだろうか？

考えを巡《めぐ》らせていると、その人が話しかけてきた。

「職場体験中の中学生ですよね？　よければ、いっしょにフライドチキンを食べませんか。訳あって骨を集めているところです」

「骨？」

ぼくはぽかんとその人を見つめ返してしまった。

最悪な時間を覚悟《かくご》していたのだが、鈴井《すずい》さんのおかげで昼休みは和気あいあいとした楽しい時間になった。

鈴井さんは博士ではなく、標本を作る専門家としてこの博物館に勤めているそうだ。近々《ちかぢか》、フライドチキンの骨を利用してニワトリの骨格標本を作る計画があるそうで、部品集めをしているという。

こんなに身近なものから動物の骨格を復元しようとするなんて、着眼点が面白《おもしろ》い！

すっかり企画《きかく》に賛同したぼくは、フライドチキンをふたつ平らげた。

植物班のおばさんも地学班のおじいさんも鈴井さんには一目置いているようだ。さっきまでの険悪ムードはなんのその、みんなで分け合いながら仲良くフライドチキンを食べおえるころには、おじいさんたちの名前もはっきりした。鈴井さんが「内海《うつみ》さん」「落合さん」「竹田《たけだ》さん」と口にしてくれたおかげだ。

内海さんは、歯に衣着《きぬき》せぬ発言をしがちで、よく松野さんとぶつかっている。小柄《こがら》で、お腹《なか》がぽっこりと出ている。そして、頭髪《とうはつ》が薄《うす》い。落合さんは、ボランティアとしてのキャリアも人生経験も豊富そうだ。中肉中背で、ごま塩頭。口数はあまり多くないけれど、男性にしてはよく笑う。そして、残るひとりが、ポーカーフェイスで無口な竹田さんだ。パリッとアイロンがかかったワイシャツを着て、スラックスをはいている。ロマンスグレーの髪《かみ》は豊富で、品よく整えられている。

ついにメンバー六人の名前と特徴《とくちょう》がはっきりしたところで、ぼくは「コンプリート！」と、心の中で叫《さけ》んだ。

食後は化石探しゲームで盛りあがった。さすがは博物館、なんと化石探し用のキットがソファーに置いてあったのだ。

……とはいえ、化石探しは思ったほどはかどらなかった。

箱の中には、大きいもの、小さいもの、様々《さまざま》な形状の岩石が入っている。全体的に煤《すす》けていて、石によっては指先でつまんだだけでぼろぼろと砕《くだ》けてしまうものもあった。

「よし、ヒントを出そう。この中のどれかがそうだから、よおく観察してみな」

落合さんは箱の中からいくつかの岩石を選びとると、手のひらに載《の》せた。

「うーん、どれだろう？」

ぼくはうなった。

選択肢《せんたくし》が狭《せば》まったとはいえ、なかなか見つけることができない。

本当に、この中に化石が含《ふく》まれているのだろうか？

含まれていたとしても、こうも見つからないと、素人《しろうと》が見つけるのは至難《しなん》の技《わざ》のような気がしてくる。

ひっくり返したり角度を変えたりしたものの、化石らしき石を見つけることはできなかった。どこからどう見ても、ただの瓦礫《がれき》でしかない。

「だめだ。ぼくにはちっともわからないや」

ついに降参《こうさん》したそのとき、ボランティア控室《ひかえしつ》のドアが開いていることに気がついた。

いつからそこにいたのだろう、クラスメイトの肥後《ひご》さんが立っている。これから昼休憩《きゅうけい》だろうか？

肥後さんの様子をうかがっていると、鈴井さんが声をかけた。

肥後さんは目を丸くさせながらも、小さな声で外でお昼を食べると答えた。

肥後さんがお弁当とフライドチキン片手に、そそくさとボランティア控室を出ていこうとした矢先、今度は落合さんが呼び止めた。

落合さんは直前までぼくが観察していた岩石を、今度は肥後さんに差しだした。

驚《おどろ》いたのは、肥後さんがあっという間に選びとったことだ。そして、なにを思ったか、再び食い入るように見つめると、もうひとつ、さっきとは別の石をつまんだ。なんと、こちらもシダ植物の化石だという。

大人七人に誉《ほ》められても、肥後さんは得意げに振《ふ》る舞《ま》うどころかどんどん小さくなっていった。顔を俯《うつむ》けて、足もとばかり凝視《ぎょうし》している。

その後、飯田《いいだ》さんが忘れ物を取りにきたりして、ぼくの休憩《きゅうけい》時間はあっという間に終わった。

最初に約束したとおり、午後は地学班の仕事を手伝うことにした。

落合さんたちのテーブルに移動すると、なにやら質の異なる紙を三枚渡《わた》された。

「これはなんですか?」

ぼくは落合さんにたずねながらも、受け取った瞬間《しゅんかん》には見当をつけていた。

紙やすりだ。

「やすりだよ。裏に番号が書いてあるでしょ。数字が小さいものほど目が粗《あら》いの。目の粗いやすりから順番にかけていって、最後にさらさらのやすりで仕上げるイメージね。今日、瀬川くんに手伝ってもらうのはずばり、岩石プレパラート作り。はい、これが岩石ね」

ぼくは赤ちゃんの拳《こぶし》サイズの岩石を受け取った。

岩石プレパラートとはなにかというと、適当な大きさにカットした岩石の表面をやすりで磨《みが》いて、カバーガラスに接着させたものだ。こうすることで岩石が含《ふく》んでいる鉱物が確認し易《やす》くなるのだとか。

「最近、うちの博物館では出張授業が流行《はや》りなのさ」

「出張授業、ですか？」

落合さんが話してくれたところによると、小中学生の理科離《ばな》れが進みつつある昨今、博物館の学芸員が近隣《きんりん》の小中学校へ特別授業に出かける機会が増えているそうだ。その際に持参する資料はいくつかあるそうだが、地学に絡《から》んだ授業を行う場合は「身近な岩石」と題して、この岩石プレパラートを持っていくという。

落合さんは、火山を有するこのへんでは、火山砕屑岩《かざんさいせつがん》や溶岩《ようがん》などが採石できるということもおしえてくれた。

さっそく、やすりを手ごろなサイズに千切って、作業をはじめようとしたところで、

「まさか、やすりを千切ったんじゃないだろうな？　そんなケチくさい使い方はするなよな」

そばで様子を見ていた内海さんに釘《くぎ》を刺《さ》されてしまった。

なんでも、テーブルに置いたやすりに水を数滴《すうてき》垂らして、その水といっしょに大きく〇《まる》を描《えが》くようなあんばいで岩石を動かして磨《みが》くのが正解だという。

「やすり一枚につき十分ってところだな。終わったら声をかけな。俺《おれ》がチェックして

やるよ」

「わかりました」

内海さんが出来映《できば》えを確認すると知って、ぼくは俄然《がぜん》、緊張《きんちょう》した。

やすりは全部で三種類ある。ということは、岩石をひとつ仕上げるのに三十分かかるという計算だ。

三十分ほどが過ぎたころ、やすりにこすり付けていた岩石をひっくり返すと、びっくりするくらい表面がピカピカになっていた。まるでガラスのようだ。

「こんな感じでどうでしょうか?」

恐《おそ》る恐《おそ》る内海さんにジャッジを仰《あお》ぐと「ふんっ。まずまずってところだな」と、なんとか合格をもらえた。

「その白っぽく見えるのがピジョン輝石《きせき》な」

オレンジピールやマシュマロ入りのチョコレートバーの断面のように、ぼくが磨いた岩石のところどころに白濁《はくだく》した鉱物やキラッと光るものが含《ふく》まれている。

「きれいですね!」

「けっ。輝石なんてのは鉱物の中ではありふれたものだよ。そのへんに落ちてる石だってかなりの確率で含《ふく》んでる。こんなのはめずらしくもなんともないよ」

「そうかもしれませんけど、でも、これ、すごくきれいですよ」

ぼくは迂闊《うかつ》にも内海さんに意見してしまってから、あわてて口をつぐんだ。

ぼくが感心したのは輝石の輝《かがや》きもさることながら、そのへんに転がっていそうななんてことのない石、それ自体が見せた滑《なめ》らかな輝きだった。

やすりで磨かれた表面はつるんとしていて、濡《ぬ》れているみたいに光っている。あたり前だけど、やすりをかけていない部分はゴツっとしていて、ただの石としかいいようのない状態だ。そのギャップにも、ぼくは感心したのだった。

次の瞬間《しゅんかん》、これまで苦虫をかみ潰《つぶ》したような顔でぼくをにらみ付けていた内海さんの表情が変わった。椅子《いす》から立ちあがる。

怒《おこ》られる？

と思ったら、内海さんは「ちょっとトイレに行ってくるわ。そのついでにこの子を案内してくるからよ」といった。

「案内って、どこに行くんですか？」

「ごちゃごちゃいってないで、ちゃっちゃとしろ。ほら、行くぞ」

あとにした。

「えっ、あ、はい！」

がに股《また》で歩きはじめた内海さんを追いかけるように、ぼくは慌《あわ》ただしく作業部屋をあとにした。

「せっかくの職場体験だってのに、ジジババに囲まれて残念だったな」

バックヤードを歩いていると、内海さんに嫌味《いやみ》をいわれた。

「そんなことはありません。午前中は植物の同定方法についておしえてもらいました し、今だって岩石の研磨《けんま》を体験できて楽しかったです。みなさんのおかげで充実《じゅうじつ》した時間を過ごせています」

きちんと回答したつもりが、内海さんは面白《おもしろ》くなさそうに「ふんっ」と鼻を鳴らした。日頃《ひごろ》、誉《ほ》められることに慣れているぼくからしたら「なんで？」って感じの反応だ。

「いつもそうなのか？」

内海さんの声は明らかに不満げだった。

「といいますと？」

「だから、誰《だれ》かになにかをきかれたときだよ。いつもそんなふうに当たり障《さわ》りのないことばっかりいってるのかってきいたんだ。模範《もはん》解答は面白くないんだよな」

内海さんに指摘《してき》されて、ぼくはすっかり頭が真っ白になってしまった。

模範解答のなにがいけないのだろう？　模範解答はテストで○《まる》が付く解答だ。つまりは、正解ということだ。

混乱したまま歩いていくと、とあるドアの前で内海さんが立ち止まった。

周囲には誰もいない。「関係者以外立ち入り禁止」の立て看板がある。

「ぎぃぃぃ」と音を立てながら、ねずみ色の扉《とびら》がゆっくりと開く。

その向こうに広がっているのはうす暗い空間、そして、未《いま》だかつてぼくが目にしたこともないような博物の数々……と思いきや、

「なんだ、あんたら？」

煌々《こうこう》と蛍光灯《けいこうとう》に照らされた一室には予想外の人物がいた。

「橋本《はしもと》さん？」

「博士！」

たしか、橋本さんは古脊椎《こせきつい》だったはず。

橋本さんはぼくたちのほうへ駆《か》けてきた。

「うっそ。なんで博士がここにいるの？　えーっと、博士は今日は……」

「無生物だよ」

ぼくがそう答えたのと、

「おいっ、ここは関係者以外立ち入り禁止だぞ！」

内海さんが怒鳴《どな》った声が重なった。

「ごっ、ごめんなさい！　で、でも、僕《ぼく》も一応ここの関係者なんですぅ」

おどおどした様子で答えたのは、橋本さんといっしょにいた人物だ。

痩《や》せていて、背が高い。なんとなく頼《たよ》りない感じがした。

「紹介《しょうかい》するね。こちらは古脊椎《こせきつい》の百瀬《ももせ》さん。今日あたしがお世話になってる人」

「嘱託《しょくたく》職員の百瀬と申します」

百瀬さんはシャツのポケットにしまってあった職員証を見せた。

「いわれてみれば、どこかで見たことがある顔だな。俺《おれ》は地学ボランティアの内海だ」

「ぼくは橋本さんのクラスメイトで、瀬川です。今日は『無生物』を手伝っています」

最後にぼくも自己紹介した。

「あんたらも『大地からのプレゼント』の下見に来たってことか？」

と、内海さん。

きけば、午前中はノジュールという化石について学んでいたという橋本さんたちは「石」つながりでここに来たらしい。

あらためて周囲を見まわすと、解説用のパネルや大判写真、透明《とうめい》ケースに入った鉱物、化石を含《ふく》んでいると思《おぼ》しき薄茶色《うすちゃいろ》の石なんかが、そこかしこにあった。どうやら、ここは展示物の保管室のようだ。

内海さんは職員である百瀬さん以上に堂々とした足どりで、まずは入口近くに置いてあった鉱物から観察しはじめた。

ぼくもあとにつづく。

茶色かったり灰色だったり黒っぽかったりと、武骨《ぶこつ》な石がゴロゴロしている。

それらを見るともなく見てから、内海さんについて部屋の奥《おく》へと進んでいくと、橋本さんと百瀬さんまでぼくたちについて来た。

「わぁ！　すっごいきれいな宝石っ」

橋本さんははしゃいだ声でそういうと、とある展示ケースに飛びついた。

ケースの中には色とりどりの宝石が並んでいる。

赤、青、緑、黒、白、茶色、黄色、水色、オレンジ、ピンク……グラデーションのように色の濃淡《のうたん》と明暗を変化させながら、様々《さまざま》なサイズの楕円《だえん》型の宝石が何列にもわたって並んでいる。まるでゼリーのように涼《すず》しげだ。

「全部で二百五十点くらいあるっていってたかな。美しい宝石だと思うだろ？」

内海さんにきかれて、ぼくも橋本さんも迷うことなく「はい！」「すごくきれい」と答えた。

この一画だけデパートの宝石売り場のような華《はな》やかさに満ちている。

「だそうだ。というわけで、百瀬さん、つづきはあんたが解説してやんなよ」

内海さんがそういうと、百瀬さんがあたふたと頭をかいた。

「えっ、解説？　えーっと、なにを解説すればいいのかなぁ」

「なにを解説するもなにも、今のこの子たちの発言はきいてたんだろ？　この子たちはこれを宝石だと思ってるんだぞ。だとしたら、まずは宝石の定義から話してやるのがいいんじゃないか」

「ああ、なるほど。そういうことか」

百瀬さんは話しはじめた。

百瀬さんの説明によれば、「宝石」には、希少性が高くて美しく、ある一定以上の硬度《こうど》を持った天然鉱物、という定義があるそうだ。そして、このケースに展示されている鉱物はどれも宝石の定義からは外れているという。つまり、宝石ではないということだ。

「さっき、入口のあたりに置いてあった石、あれがこのショーケースに飾《かざ》ってあるものの原石だよ」

「えっ！」

「あの、ゴツゴツした石ですか？」

橋本さんとぼくは顔を見あわせた。

入口付近で見た石といったら、いたって普通《ふつう》の石だった。茶色や灰色で、こんなふうにカラフルなものはひとつもなかった。

「つまりは、宝石でもなんでもない鉱物だって、不純物の少ない部分を見極《みきわ》めて削《けず》って磨《みが》けば、こんなふうに輝《かがや》くというわけだ」

と、内海さん。

ぼくはショーケースの真ん中に鎮座《ちんざ》している、まるでエメラルドのような深い緑色をした鉱物を見た。それから、入口のあたりにあった武骨《ぶこつ》な石を脳裏《のうり》に浮《う》かべる。

「どうかしたか？」

声をかけられたので顔を向けると、内海さんがぼくをうかがっていた。

「いいえ、べつに。ただ、なんていうか、宝石でもないのにこんなふうに輝《かがや》く鉱物があるんだなって、しみじみしちゃって……」

「ずずっ」と音がしたのでふり返ると、なぜか百瀬さんがべそをかいていた。

「どうしたんですかっ」

驚《おどろ》いたぼくはたずねた。

「ご、ごめん。どうしちゃったのかな？　もしかすると、今の言葉に救われたのは僕《ぼく》の未来かもしれない。なんちゃってね。あはははっ」

無理やり笑う百瀬さんの肩《かた》に内海さんが腕《うで》をまわす。

「なんだよ、悩《なや》みでもあるのか？　博物館の仕事も理想と現実じゃあずいぶんと違《ちが》うだろ。俺《おれ》でよければ話をきいてやるから、中学生の前で泣くんじゃねぇよ」

「………」

内海さんにもやさしいところがあるんだな。

ぼくは「内海さん」を同定する際の定義に、「口は悪いけれど根っこはやさしい。ただし滅多《めった》にそれは見せない」という特性も加えることにした。

エピローグ

あっという間に時間は過ぎて、時計の針は職場体験終了《しゅうりょう》の四時半を指した。

「今日は一日お世話になりました」

六人のボランティアさんの前で頭を下げたぼくは、そこでいったん言葉を区切った。

危ない、危ない。うっかり、いつもの癖《くせ》で模範《もはん》解答をいうところだった。

「……正直、くじ引きで無生物に決まったときはツイてないと思いました。しかも、手伝うのがボランティア活動だと知ってさらにガッカリしたんですけど、みなさんのおかげで楽しかったです。意外な形で生物に触《ふ》れられたし。途中《とちゅう》で、地学班と植物班に分かれてケンカをはじめたときはどうなることかとハラハラしましたけど」

最後にそう付け加えると、内海《うつみ》さんと松野《まつの》さんが顔を見あわせて照れくさそうに笑った。

六人はもうしばらく作業をして帰るという。

ぼくはボランティア控室《ひかえしつ》に戻《もど》った。

部屋に入ると、ひと足早く飯田《いいだ》さんが戻っていた。

いつもならすぐに挨拶《あいさつ》を寄こす飯田さんがめずらしく窓の向こうをぼんやりとながめている。

「お疲《つか》れさま」

ぼくのほうから声をかけると、

「お疲れ」

いつになく控《ひか》えめな声が返ってきた。

どうしたんだろう？　なんだか魂《たましい》が半分抜《ぬ》けかかっているみたいだ。

「飯田さんはたしか、鳥類だったよね。職場体験はどうだった？」

「うーん、色々と考えさせられた一日だったたっていうのかな」

飯田さんは小難しい顔で答えた。

「というと？」

「死ぬとか生きるとか、博物館ってなんだろうとか、まぁ主にはそんなようなこと。博士は、いつ、どこで、自分は死ぬんだろうって考えたことある？　って、博士はとっくに考えてるか」

「そんなことないよ」

「そうなの？」

「そうだよ」

しばらく無言で見つめあっているると、「うぃーっす」と、多嶋《たじま》くんが戻《もど》ってきた。

「あれ、俺《おれ》で三人目？　なんだ、急いで損しちゃったな。なぁなぁ博士、きいてくれよ。俺、ホルマリン漬《づ》けの手伝いをしてたんよ！」

多嶋くんは、ホルマリン漬けの作り方や、今日はじめて知ったという深海魚の生態についてなど、いつにない勢いで話しはじめた。

ひとしきり話しおえると、多嶋くんは思い出したようにソファーのほうをふり返った。

「あっ！　テーブルの上に置いてあるあの石って、もしかして？」

「ああ、あれはね、昼休みに肥後《ひご》さんが見つけた化石だよ。シダ植物の化石だって」

ぼくはおしえてあげた。

「うっそーん。博士じゃなくて黒ヘルが見つけたん？」

「そうだよ。しかも、あっという間にふたつも見つけちゃったんだ。居合わせたボランティアさんからも筋がいいって感心されたくらい」

「マジか！　俺的には、化石を見つけるとしたら博士だと思ってたんやけどなぁ」

「……どうして？」

「だって、そういうものやん」

多嶋くんがあっけらかんと答えた直後、またドアが開いた。

「お、ま、た、せーっ」

弾《はず》むような声で入ってきたのは、橋本《はしもと》さんだ。やけに機嫌《きげん》がいい。

と、次の瞬間《しゅんかん》、その顔が引きつった。

「くさっ！　なんかこの部屋臭《くさ》くない？」

橋本さんは鼻をひくひくさせながら、においのもとを探りはじめた。

ぼく、飯田さん、多嶋くんの順でにおいを嗅《か》いでいった橋本さんは、多嶋くんの前で鼻をつまんだ。

「俺《おれ》じゃねぇよ！」

「絶対にそう！　なに、このにおい。ツンとして、鼻の奥《おく》がおかしくなりそう。ねぇ、円佳《まどか》もそう思うでしょ？」

「でも、それが生きているという証《あかし》かも」

飯田さんが真顔でそんなことをいうものだから、その場にいた全員が呆気《あっけ》に取られた。

「ちょっと博士！　円佳ってばどうしちゃったの？」

橋本さんがぼくに詰《つ》め寄る。

「ぼくにきかれても知らないよ」

「それが生きているという証かもとか、完全におかしいんですけど！」

「だから、ぼくにいわずに本人にいってくれないかなぁ」

まったく、どうしてみんな、ぼくをそんなふうに見るんだろう？

気配を感じてふり返ると、いつの間にか、ドアのところに肥後さんが立っていた。

「あれ？　なんで……円佳のジャージを着てるわけ？」

「ホントだ。なんで……着てるんやろ？」

橋本さんと多嶋くんがひそひそ声で囁《ささや》く。

ふたりの歯切れが悪いのは、本人を前に「黒ヘル」呼ばわりできないからだ。

所在なさそうに佇《たたず》んでいる肥後さんを目にしながら、ぼくが思い出していたのは、一学期の美術の時間のことだった。ふたり一組になって似顔絵を描《か》くという授業で、ぼくはたまたま肥後さんとペアを組んだ。その際、肥後さんはびっくりするくらい事細かにぼくの顔を観察して、うちの家族でも気づいていないようなホクロまで描《か》き込《こ》んだのだった。

ぼくには見つけられなかった化石をあっという間に見つけたことといい、美術のときの似顔絵といい、もしかすると、肥後さんにはそういう能力が備わっているのかもしれない。

じゃあ、ぼくは？

ぼくは、どうだろう？

ぼくは大きく息を吸いこむと、切りだした。

「実は、ぼくは、みんなが思っているような『博士』じゃないんだ」

「へっ」

「ん？」

「どうしたの、急に？」

「………」

多嶋くん、飯田さん、橋本さん、それに肥後さんの視線が一斉《いっせい》にぼくに集まった。

「だから、今いったとおりだよ。ぼくは博士じゃない。ぼくはみんなが思っているような人間じゃないんだ。この際だからいっておくけど、理科が得意だったのは小学生まで。この風貌《ふうぼう》のせいで得意そうに見えるかもしれないけど、それはみんなの勘《かん》ちがいだから」

ひと息で話すと、心臓が自分のものではないみたいにバクバクと高鳴った。

しんと静まり返っていたのは一瞬《いっしゅん》で、次の瞬間《しゅんかん》、多嶋くんが挙手した。

「はい、はーい！　じゃあ、俺《おれ》も。俺も『多田《ただ》』じゃないんで。俺の名前は、た、じ、ま！」

「だったら、あたしもいわせてもらいますけど、陰《かげ》で男子が『コバンザメ』って呼んでることは知ってますから！」

多嶋くんに競うように橋本さんがいう。

なんとなく、次は飯田さんか肥後さんがなにかいうだろうかと見守っていると、

「そのジャージ！　わたしが貸してあげたのっ」

肩《かた》を怒《いか》らせた飯田さんが仁王《におう》像のようなポーズで叫《さけ》んだ。

「えっ！　どうして円佳が」

「それは、その……」

「私の……私のジャージが汚《よご》れてるのを見て、飯田さんは貸してくれたのっ」

めずらしく声を張りあげて主張したのは、肥後さんだった。

「あと、それから、あの、私の名前は……肥後、知恵《ちえ》です」

あらためて肥後さんが名乗った直後、「パラリ」と音がした。

ふり返ると、ほんの少し開いていたドアの向こうにチラシのようなものが落ちている。

ぼくはボランティア控室《ひかえしつ》から飛びだすと、廊下《ろうか》を歩いていく人物に声をかけた。

「あのっ」

白いトレーナーとジーンズ姿の、ショートカットの小柄《こがら》なおばさん。今朝の自己紹《しょう》介《かい》では「学芸員」と名乗っていた。

廊下の途中《とちゅう》で立ち止まった久遠《くおん》さんがぼくをふり返る。

「そろそろ解散なので、最後にみなさんに感想をきかせてもらおうと思って来たんですけど、取り込《こ》み中のようなので出直します」

「なんか、すみません。あの、久遠さん」

「なんですか？」

ぼくはずっと気になっていたことを口にした。

「久遠さんも博士なんですか？」

見た感じは、そのへんにいそうな普通《ふつう》のおばさんだ。

「一応ね。専門はサルの行動社会学です。最近は企画普及課《きかくふきゅう》の仕事が忙《いそが》しくてなかなかフィールドワークに行けないので、もっぱら人間観察ばかりしています。興味がありますか？」

「よくわかりません。生物や博物の世界が面白《おもしろ》いことはわかったんですけど、どちらかというと苦手というか」

ぼくが正直に答えると、久遠さんの目が大きくなった。

「博物館では常時ボランティアを募集《ぼしゅう》しています。気が向いたらいつでも訪ねてください。瀬川《せがわ》くんがメンバーに加わってくれたら心強いです」

そういい残して、久遠さんは去っていった。

足もとに落ちていたチラシを拾うと、そこにはたしかに「ボランティア大募集！」と大きな文字で書いてある。

博物館の仕事とはいったい、なんだろう？

古今東西、ありとあらゆるものを蒐集《しゅうしゅう》しようと試みること？

魚類、両生類、爬虫類《はちゅうるい》、鳥類、哺乳類《ほにゅうるい》、昆虫《こんちゅう》、植物、菌類《きんるい》、鉱物。生物、無生物にかかわらず、現存していようが絶滅《ぜつめつ》していようが、名前が付いていようがまだ付いていまいが、とにかく、この世に存在している（存在していた）なにもかもを蒐集して保管しようと試みているのが、博物館かもしれない。

週に一度くらいなら参加できるかな？

今日は色々ありすぎて、植物の同定も中途半端《ちゅうとはんぱ》になってしまった。

ボランティア控室《ひかえしつ》に戻《もど》ったぼくは、少し自信をつけたように見える多嶋育実《たじまいくみ》くん、博物館を満喫《まんきつ》したらしい橋本恋歌《はしもとれんか》さん、いつの間にか細い友情の糸を育んでいた飯田《いいだ》円佳《まどか》さんと肥後知恵《ひごちえ》さんを、順番にながめていった。それから、念願だった博士とようやく話すことができたぼく、瀬川学《せがわまなぶ》。

気づけば、ぼくはぼくという枠《わく》を飛びだして、天井《てんじょう》のあたりから、五人の中学二年生をじっと観察しているような気持ちになった。

了

取材協力

神奈川県立生命の星・地球博物館（学芸員・ボランティアの方々）

標本士　相川稔

参考文献・資料

『解剖男』講談社現代新書　遠藤秀紀

『人体　失敗の進化史』光文社新書　遠藤秀紀

『アンダーアース・アンダーウォーター　地中・水中図絵』徳間書店
アレクサンドラ・ミジェリンスカ&ダニエル・ミジェリンスキ

『山羊ニュース』足柄やぎ利用地域振興協議会発行

樫崎 茜（かしざき・あかね）
1980年長野県生まれ。
2006年講談社児童文学新人賞佳作を受賞。
デビュー作『ボクシング・デイ』で第十八回椋鳩十児童文学賞、
『満月のさじかげん』で日本児童文学者協会新人賞を受賞。
博物館を取材した作品に『ぼくたちの骨』『声をきかせて』がある。

ヴンダーカンマー
ここは魅惑《みわく》の博物館

２０１８年11月　初版
２０２１年８月　第３刷発行

著　者　樫崎　茜　画　家　上路ナオ子
発行者　内田克幸　編　集　岸井美恵子
発行所　株式会社理論社
〒１０１-００６２　東京都千代田区神田駿河台２-５
電話　営業　０３-６２６４-８８９０　編集　０３-６２６４-８８９１
URL　https://www.rironsha.com

印刷・製本　中央精版印刷

ISBN978-4-652-20284-5 NDC913 B6判 19cm 236p

天のシーソー　安東みきえ　椋鳩十文学賞受賞作品

大人は信用できないし妹は邪魔だし……不機嫌さいっぱい、でもナイーブで素直な少女の感性を鮮やかに描く連作集。

ミカ！　伊藤たかみ　小学館児童出版文化賞受賞作品

ミカは男まさりで活発な六年生。ふくらみ始めた胸に戸惑う妹をふたごの兄ユウスケの視点で描く、瑞々しい小学生ライフ。

ミカ×ミカ！　伊藤たかみ

女らしいってどういうこと？　男まさりのはずのミカが、ある日突然そんなことを聞いてきた。中学生になったふたごの日常を描く。

まつりちゃん　岩瀬成子

その子は、空き家のような家に一人で住んでいる。会う人の心をふしぎに暖かく照らす、小さな女の子をめぐる物語。

くもり ときどき 晴レル　岩瀬成子

だれかに出会ったとき、だれかの存在に気づくとき、日常に吹きこむ風。さわやかな出会いと心の揺れを描く6つの作品集。

どうにかしたい！　黒野伸一

麻丘すみれ、十四歳。友だちがいない状況を何とかしようと、ある作戦を実行したのだが…。女の子の本音満載の青春ストーリー。

サンネンイチゴ　笹生陽子

学校一のトラブルメーカーが隣の席になってから、ナオミの毎日は空回りの連続。十四歳の本音のスクールライフ。

戸村飯店　青春100連発　瀬尾まいこ　**坪田譲治文学賞受賞作品**

地元で愛される超庶民的な戸村飯店の息子兄弟二人が、将来に迷いつつ青春を謳歌する姿を描いたさわやかな一作。

僕は、そして僕たちはどう生きるか　梨木香歩

どんな時代にあっても集団に流されず、自分を保って生きるには？　十四歳、現代のコペル君が綴る、新緑の一日の出来事。